하루 11분 그림책

짬짬이 육아

일러두기

1. 그림책 서지 정보, 인명의 외래어 표기는 출간 도서의 서지 정보를 따랐습니다.
2. 수록된 그림책 이미지는 해당 출판사의 동의를 얻은 후 수록했습니다.

하루 11분 그림책

짬짬이 육아

최은경 지음

Denstory

Prologue

그림책은 최고의 육아서다

직장맘의 육아는 시간과의 싸움이다. 어떻게 하면 일을 효율적으로 끝낼 수 있을까, 어떻게 하면 집에 1분이라도 빨리 갈 수 있을까, 어떻게 하면 이유식 만드는 시간을 줄이고 기저귀를 빨리 뗄 수 있을까 그리고 어떻게 하면 짧은 시간 동안 아이가 만족감을 느끼게 놀 수 있을까.

무슨 일이든 '빨리빨리'를 붙이지 않으면 해결이 안 됐다. 하루 24시간은 공기 빠진 풍선처럼 휙 지나갔다. 집, 회사, 집, 회사, 집…… 이렇게 4년을 살았다. 그리고 바라던 둘째를 낳았다. 처음부터 다시 시작이었다. 몸은 힘들었지만 아이들은 쑥쑥 잘 커주었다. 내 생활은 달라진 게 없었다. 집, 회사, 집, 회사, 집…… 동어반복 같은 생활이 계속됐다. 아이가 둘이 되니 24시간은 더 모자랐다. 시간만 모자란 게 아니었다. 두 아이를 봐야 할 눈도, 들어야 할 귀도, 말해야 할 입도 부족했다.

그렇게 직장맘으로 산 지 10여 년. 어느 날 돌아보니 내가 없었다. 〈오마이뉴스〉에서 편집기자로 10년을 넘게 일했는데, 막상 내 손에 잡히는 게 없었다. 내가 소모되는 것 같았다. 내가 닳아가는 것 같았다. 무슨 일이든 꾸준히 10년을 하면 이게 내 길인지 아닌지 알 수 있다던데, 나는 여전히 '모르겠다'였다. 이렇게 살아도 좋은 걸까, 매일매일 고민했다. 어떻게 살아야 하나, 매일매일 방황했다. 그런데 기회는 의외의 장소에서 찾아왔다.

"엄마, 책 보러 도서관에 가자."

딸의 이 한마디가 시작이었다. 아이를 따라나선 도서관. 책을 집자마자 거침없이

책장을 넘기는 딸이 수상했다. 아이가 읽는 책도 수상했다. 내가 보던 책을 덮었다. 대신 딸의 책을 따라 읽기 시작했다. 하루, 이틀…… 여러 날 그랬다. 그림책을 읽는 동안 "엄마, 왜 울어?"를 들으며 울고, "엄마, 왜 웃어?"를 들으며 웃었다.

육아서에 없는 감동이 그림책에 있었다. 아이 마음을 읽는 비법도 숨어 있었다. 그림책 한 권 읽는 데 드는 시간은 길어야 10분. 그런데 신기한 일이 벌어졌다. 분명 같은 그림책을 함께 읽었는데 아이가 본 걸 나는 못 보고, 내가 본 걸 아이는 못 봤다. 아이가 느낀 걸 나는 못 느끼고, 내가 느낀 걸 아이는 느끼지 못했다. "맞아, 맞아" 폭풍 공감하며 물개박수를 칠 때도 많았다. 우리들만의 그림책 속 숨은 의미 찾기는 그렇게 시작되었다. 그림책을 읽고 아이와 내가 나눈 공감 시간은 단 1분. 그래도 충분했다. 짧아서 더 귀한 시간이었다.

그때부터다. 본격적으로 아이와 함께 책을 읽고 이야기를 나눈 것은. 늘 부족하다고 생각했던 시간은 아이들 나이만큼 쌓여 내게로 돌아왔다. 내게 말을 걸어줬다. 어떻게 살아야 좋을지 모를 내게 쓰라고 말해주었다. 아이들의 이야기, 내 이야기 그리고 그림책 이야기를.

이 책에 실린 40여 편의 그림책 이야기는 그 시간의 기록이다. 공감의 기록이다. 하루 11분 그림책, 짬짬이 육아를 통해 늘 시간이 부족하다는 이유로 내 아이를 잘 들여다보지 못했다는 죄책감에서 조금 자유로워졌다. 나 자신을 찾고, 아이들을 이해하는 데 그림책은 좋은 친구가 되어주었다. 덕분에 이 책을 쓸 수 있게 되었고, 우리 아이들은 장르 불문하고 책을 가까이하는 모습으로 자라고 있다(아직까지는). 심지어 "엄마, 이 책 봤어?" 하고 책을 추천까지 해주는 지경에 이르렀다. 만약 그때 아이가 본 그림책을 따라 읽지 않았다면, 그림책을 통한 1분의 공감 시간을 소홀히 했다면, 지금의 나는 어떻게 살고 있을까.

이 책이 나오기까지 고마운 사람들이 정말 많다. 어머니들에게 고맙다. 아버지들에게 고맙다. 언니들에게 고맙고, 지면을 허락해준 〈베이비뉴스〉와 〈오마이뉴스〉에도 고맙다. 무명작가에게 선뜻 계약서를 내밀어준 〈덴스토리〉 편집자들에게도 고맙다. "엄마, 이제 작가야?" 말해주는 다자매(다은, 다윤)에게 고맙다. 그리고 어쩌면 나보다 더 많은 그림책을 읽어주며 아이들 마음을 보듬었을 남편 이지용에게 특히 고맙다. 글로 표현할 수 없을 만큼.

이제 한 권의 책이 끝났을 뿐이다. 나는 계속 쓸 것이다. 아이들이 모두 잠든 시간에, 지하철 앉은자리에서, 카페 한 귀퉁이에서, 볕 잘 드는 도서관 어느 자리에서.

2017년 5월

다다 최은경

Contents

3장 ◇ 너무 빨리 커버린 아이에게 배웠다

4장 ◇ 네가 자라는 만큼 엄마도 자란다

5장 ◇ 가족은 서로 사랑하는 거야

6장 ◇ 아빠도 아빠가 처음이란다

1장

미안해, 엄마가 몰랐어

"왜 나는 친구가 없을까?" 혼자 끙끙대지 않기

《두더지의 고민》
김상근 글·그림

그림책《두더지의 고민》을 가지고 집으로 가는 길. 흔들리는 버스 안에서 책장을 넘겨 대강의 내용을 파악하고 난 후였다. 지하철 환승 플랫폼에서 우연히 만난 회사 후배가 물었다.

"어? 선배, 그 책은 뭐예요?"
"애들 그림책인데, 그림이 너무 예쁘지 않니?"
"진짜 그러네요. 근데 무슨 내용이에요?"
"(후배 팔을 덥석 잡으며) 너 외롭니? 나도 외로워. 그러니 우리 함께 가자, 뭐 그런 내용?"

"선배, 하하."

순간적으로 나온 대답이었는데, 계속 생각해보게 되는 그런 말이었다. 후배랑 헤어져 다시 그림책을 보는데도 계속 그 말이 머릿속에서 맴돌았다. '너 외롭니? 나도 외로워. 그러니 우리 함께 가자.' 생각할수록 이 말에 동화되는 것이…… 뭐야, 나 좀 외로웠나?

눈이 펑펑 오는 밤. 두더지는 깊은 고민에 빠졌어. 머리 위로 눈이 쌓이는 줄도 모를 만큼 고민에 빠진 두더지는 눈길을 걷고 또 걸었어. 바로 그때였어.

"얘야, 고민이 있을 때면 눈덩이를 굴리면서 고민을 말해보렴. 그러면 고민이 다 사라질 거야"라던 할머니 말이 생각난 건. 두더지는 할머니 말대로 눈덩이를 굴리며 고민을 말했어.

"왜 나는 친구가 없을까?"
……
"내 친구는 어디에 있을까?"

두더지는 눈덩이가 아주아주 커졌을 때까지 깊은 고민에 잠겼어. 그때 갑자기 눈덩이 안에서 "살려줘요" 하는 소리가 들렸어. 궁금한 마음에 눈덩이 속으로 들어간 두더

《두더지의 고민》 | 김상근 글·그림 | 사계절(2015)

지는 그 안에서 여우와 멧돼지, 개구리, 토끼, 곰을 만나게 되는데……. 이들은 왜 눈덩이 속에 있었던 걸까?

토끼: "나는 나를 찾아줄 친구를 기다리고 있었어."

곰: "난 친구 삼아 눈사람을 만들고 있었는데……."

이들은 모두 저마다 친구를 기다리고 있었는데, 두더지가 깊은 생각에 빠진 나머지 친구들을 발견하지 못하고 눈덩이를 계속 굴렸던 거야. 힘을 합쳐 눈덩이를 빠져나온 친구들은 더 이상 혼자가 아니었어. "이제 우리 뭐 하고 놀까?" 두더지와 친구들은 다시 행복한 고민에 빠졌대.

다은이가 초등학교 2학년에 올라갈 무렵 깊은 고민에 빠졌다. 개학한 지 얼마나 됐다고, 학교에 가기 싫단다. 친구들에게 따돌림이라도 당하는 건가? 긴장된 마음으로 "학교에서 무슨 일이 있었느냐"고 물었다.

1학년 때 같은 반이었던 친한 친구가 2학년 때는 다른 반이 되어서 그렇단다. 어린이집도 같이 졸업한 터라 처음 학교에 들어왔을 때부터 의지를 많이 한 친구였다. 그 친구가 없어 허전하다는 딸에게 《두더지의 고민》을 들려줬다. 그리고 말했다.

"너희 반에 너처럼 친한 친구와 떨어져서 허전하고 속상한 친구들이 많을 거야. 그 아이들과 올해 친하게 지내는 것도 좋지 않을까? 아마 다른 아이들도 너랑 친하게 지내고 싶을걸?"

알 듯 말 듯한 표정으로 생각하는 척하다가, 또 다른 친구와 방과 후 요리 수업을 꼭 같이 들었으면 좋겠다고 말하는 딸. 고민 한번 단순해서 좋구나. 그나저나 봄이 가까워지는 요즘 같은 날, 두더지에게 새로운 고민이 생기면 어쩌나. 눈덩이도 굴릴 수가 없을 텐데.

주민등록번호 앞자리가 같은 친구

다은이에게는 해솔이라는 아주 특별한 친구가 있다. 두 아이들은 주민등록번호 앞자리가 똑같다. 생일이 같다는 말이다. 해솔이와 다은이는 같은 산부인과에서 태어나 같은 조리원에서 함께 젖을 먹고 자랐다. 상상하는 그대로 해솔이 엄마와 나는 군대 동기보다 끈끈하다는 '조리원 동기'다.

같은 해 첫아이를 낳아 100일부터 200일, 돌까지 함께 치렀다. 그리고 매년 가족들이 모여 생일 파티를 한다. 우연인지 성별은 다르지만 둘째도 네 살 터울로 같은 해에 낳았다. 해마다 가족 여행을 다닌 지도 10년이 되었다. 그런데 이번 겨울방학에 몰랐던 사실을 알게 됐다. 큰아이 방학 일기장이 온통 해솔이네와 놀러 간 이야기뿐이라는 것을. 아이들 덕분에 나 또한 해솔이 엄마라는 좋은 친구를 얻었다.

“선생님이 잘 모르면 발표하지 말래”

《틀려도 괜찮아》
마키타 신지 글,
하세가와 토모코 그림

네 살 터울 동생과 큰아이가 서로 자기 말이 맞는다고 우기다가 불쑥 나온 말.

“엄마, 선생님이 잘 모르면 발표하지 말라고 하셨어.”

“뭐? 정말? 그건 아마도 여러 번 발표하는 친구에게 하신 말씀 같은데? 잘 모르면서 여러 번 발표하면 다른 친구들에게 기회가 안 가니까 그렇게 말씀하신 게 아닐까? 걔 여러 번 발표했지?”

아이 표정이 뭔가 수긍하는 분위기다. 다행이다. 괜히 아이 말만 듣고 흥분할 뻔했다. 이래서 경험이 중요하다. 만약 바쁘다는 핑계로 공개수업에 빠졌더라면 이런 임기응변은 불가능했으리라.

올해로 두 번의 공개수업에 참여했다. 학년이 높아질수록 학부모 참여가 적어진다는데, 2학년 때도 1학년 때와 엇비슷한 수준이었다. 수업 분위기도 그랬다. 아이들 공개수업은 대부분 발표수업이다. 그러나 아이는 수업 시간이 거의 끝날 때까지 단 한 번도 먼저 손을 들고 발표하지 않았다. 가끔씩 하품을 하다 나와 눈이 마주치면 그저 한 번씩 웃어줄 뿐이었다.

대신 나는 매의 눈으로 다른 아이들을 지켜봤다. 발표의 여러 유형이 포착됐다. 선생님이 시켜줄 때까지 손을 번쩍번쩍 드는 아이, 엄마 눈치 한 번 살핀 후 손드는 아이, 무조건 손부터 드는 아이, 확실히 안다는 표정으로 자신감 넘치게 손을 드는 아이, 손은 쭈뼛쭈뼛 들었지만 야무지게 자기 생각을 말하는 아이 등등. 아이들 얼굴만큼이나 다양한 모습이었다.

거기에 비하면 내 아이는 아직 피지 않은 꽃봉오리 같았다. 저렇게 시들어버리면 어쩌나 불안한 마음도 들었다. 사실 이번 공개수업은 조금은 기대하는 게 있었다. 아이가 《틀려도 괜찮아》를 읽고 쓴 감상문을 봐서다.

'나는 발표가 싫었다. 왜냐하면 발표를 했는데 틀리는 게 싫었다. 그런데 이 책을 보니 자신감이 생겼다. 다음에는 발표를 잘할 수 있을 것 같다.'

틀리는 걸 두려워해서 발표를 싫어하는 아이들에게 용기와 자신감을 주는 책 《틀려도 괜찮아》를 읽고 이렇게 적은 게 얼마 전이었다. 그런데도 교실에서 딸의 목소리를 듣기는 어려웠다. 생각해보면 나도 학창 시절 발표력이 좋지 않았다. 《틀려도 괜찮아》에서 묘사한 아이 모습이 딱 나였다. 그래서다. 공개수업이 끝난 후 상심이 컸지만 "넌 왜 발표도 한 번 못 하니?"라고 묻지 않은 건. 아이도 나와 같은 기분이지 않았을까 싶어서.

《틀려도 괜찮아》 | 마키타 신지 글 | 하세가와 토모코 그림 | 유문조 옮김 | 토토북(2006)

가슴은 쿵쾅쿵쾅, 얼굴은 화끈화끈해지면서 일어선 순간 다 잊어버렸어.

온몸에 힘이 쭉 빠지고 다리는 후들후들.

이렇게 말하면 좋았을걸, 저렇게 말하면 좋았을걸.

나중에야 좋은 생각이 떠올라.

선생님은 말씀하셨어. 그래도 괜찮다고. 처음부터 멋진 말이 나올 수 있는 건 아니라고. 처음부터 맞는 답을 말할 수 있는 건 아니라고.

선생님은 마음 놓고 손을 들고, 마음 놓고 틀리자고 말씀하셨어. 누가 웃거나 화를 내도 절대 기죽으면 안 된다며 이런 멋진 교실을 만들자고 하셨지.

어때, 생각만 해도 정말 멋있지 않아?

수업이 끝날 무렵, 선생님이 지목해서야 겨우 말할 기회를 얻은 아이가 개미만 한 목소리로 대답을 했다. 아이와 함께 집에 돌아오는 길, "쑥스러웠을 텐데 대답을 잘해줘서 고맙다"라고 말했다. 목소리만 좀 더 컸으면 완벽했을 거라며 엄지손가락을 치켜세웠다. 엄마 마음을 아는지 모르는지, 아이는 배시시 웃기만 했다.

틀리면 어때? 그래도 별일 없단다

틀리는 게 싫어서 발표하기 싫었다는 큰아이와 함께 읽으면 좋을 그림책을 발견했다. 사토 신이 쓰고 돌리가 그린 《뭐 어때!》(오지은 옮김, 길벗어린이)다. 주인공 적당 씨는 지각을 해도, 지각을 했는데 버스에서 잘못 내려도, 버스에서 잘못 내렸는데 가방까지 두고 내려도, 가방을 두고 내려 돈이 없어 버스를 못 타도, 버스를 못 타서 걸어가느라 밤이 돼서야 회사에 도착해도 그저 쿨하게 외친다. "뭐 어때!"그런데 이게 웬일? 지각을 한 줄 알았던 오늘이 바로, 일요일이었던 거다. 결국 지각이 지각이 아니었던 셈. 틀리면 틀린 대로, 늦으면 늦는 대로 뭐 어때! 큰일 날 것 같지만 사실 별일 없잖아. 큰아이에게 꼭 들려주고 싶은 말이다. 동시에 나에게 하는 말이기도 하고.

코 후비는 아이의 '떳떳한' 이유

《이유가 있어요》
요시타케 신스케 글·그림

두 아이와 온종일 함께 있는 주말. 평소에는 그냥 지나치고 말던 일들이 이날따라 눈엣가시처럼 박혀 참을 수가 없다.

"텔레비전 좀 그만 봐라."
"코 파지 마라."
"긁지 마라."
"흘리고 먹지 마라."
"머리 꼬지 마라."
"다리 떨지 마라."

"의자 좀 끌지 마라."

"침대에서 뛰지 마라."

"사탕 깨물어 먹지 마라."

"집에서 뛰지 마라."

"아윽, 왜 더럽게 옷으로 입을 닦니."

그러다 멈칫. 대체 애들에게 하지 말라는 말을 몇 번이나 하는 거지? 이러면 안 될 것 같아 일부러 "텔레비전 그만 보는 게 어떨까" 돌려서 말해본다. 그것도 한두 번. 버릇처럼 습관처럼 "하지 마라"는 말이 불쑥불쑥 튀어나온다. 미안하게도 '애들이 그러는 데는 다 이유가 있을 텐데……'라는 생각은 해보지 않았다. 요시타케 신스케가 쓰고 그린 《이유가 있어요》를 읽기 전에는.

아이는 코를 후비는 버릇이 있었어. 엄마는 그런 아이를 볼 때마다 화를 냈지. 예의가 없다면서. 그럴 때마다 아이는 생각했어. '떳떳한 이유가 있으면 코를 후벼도 될 것 같은데.'

그래서 엄마에게 말했어. 코를 후비는 이유에 대해.

"내 콧속에는 스위치가 달려 있는데, 이 스위치를 누르면 머리에서 신바람 빔이 나와요. 이 빔은 사람들 마음을 즐겁게 해주거든요(그래서 내가 코를 파는 거예요)."

《이유가 있어요》 | 요시타케 신스케 글·그림 | 김정화 옮김 | 봄나무(2015)

"아아, 그러셔. 엄마는 충분히 즐거우니, 신바람 빔은 더 이상 쏘지 말아줄래?"

그런데 아이는 코만 후비는 게 아니었어. 손톱도 깨물고, 다리도 떨고, 밥알도 흘렸어. 더러운 손을 바지나 윗도리에 쓱쓱 문지르기도 하고.

다 이유가 있는 행동이었어. 손톱을 깨무는 건 쓰레기 뒤지는 새를 쫓아내기 위한 거고, 다리를 떠는 건 지하 두더지에게 오늘 있었던 이야기를 알려주기 위해서였지. 밥알을 흘리는 건 작고 신기한 생물들과 나눠 먹으려고 그러는 거고, 복도에서 뛰는 건 '질주 벌레'가 머리 위에서 나를 조종하기 때문이었어.

한참을 듣고 있던 엄마가 말했어.

"그래도 지저분하거나 예의에 어긋나는 건 되도록 삼가줄 수 없을까?"

이때 허를 찌르는 아이의 돌발 질문.

"엄마, 어른들은 '자기도 모르게 그만' 해버리는 일 없어요? 엄마는 틈만 나면 그렇게 머리카락을 비비 꼬잖아요. 그건 무슨 이유가 있어요?"

"어? 그건 말이지…… 사실 엄마 머리카락에 저녁 메뉴가 들어 있거든."

《이유가 있어요》 | 요시타케 신스케 글·그림 | 김정화 옮김 | 봄나무(2015)

이 책을 함께 본 아홉 살 다은이는 '정말 엉뚱하고 재미있게 지어서 말하니까 재미있었다'고 독서록에 적었다. 내 생각은 조금 달랐다. 이렇게 기발한 이야기를 '지어내기'란 불가능하지 않을까? 작가는 어쩌면 이렇게 생각할 수 있는 특별한 뇌 구조를 가졌는지도. 아니면 엉뚱한 뇌 구조를 가진 아이들과 함께 살고 있거나.

책을 읽는 내내 아이의 엉뚱하고 기발한 상상력에 감탄하며 무릎을 쳤다. 물론 우리 아이들이 그렇게 말했으면 땅을 쳤을지도 모르겠다. 그런데 실제 그런 일이 생길 줄이야. 다리를 덜덜 떨며 텔레비전을 보고 있는 다은이를 보다 못해 한마디를 던졌다.

"야! 다리 좀 떨지 마, 왜 그러는 거야?"

"다리를 가만 두면 있는 것 같지 않아서. (다리가) 심심해할 것 같아서."

"뭐라고? 엄마가 네 두 다리 멀쩡하게 잘 낳아줬으니까 더 떨지 말아줄래?"

이유가 있는 행동이라도 거슬리는 건 어쩔 수 없다. 하지 않았으면 하고 바라는 건 어쩔 수 없다. 그런데 혹시, 우리 애들도 내가 머리카락을 비비 꼬는 게 거슬리려나? 하지 않았으면 하고 바랄까?

적어도 우리 엄마는 그런 것 같다. 아직도 엄마한테 "어휴, 너 그 버릇 아직도니? 제발 머리 좀 뜯지 마라, 네 옆으로 머리카락 수북한 거 좀 봐, 엄마는 그거 볼 때마다 속이 뒤집혀, 네가 그러니 둘째도 따라 하잖아"라는 소리를 가끔씩 듣는 걸 보면.

너희들도 이유가 있니? 5문 5답

아이들에게 물었습니다. 너희들도 이유가 있니?

Q 씻으라고 하기 전에는 안 씻는 이유가 있니?
A 씻기 싫으니까!

Q 평일에는 늦잠 자고 주말에만 일찍 일어나는 이유가 있니?
A 졸리니까!

Q 식사 시간 때면 꼭 "과자 먹어도 돼요?"라고 묻는 이유가 있니?
A 먹고 싶으니까!

Q 혼자 방에 들어가서 자면 안 되는 이유가 있니?
A 심심하니까!

Q 엄마도 안 보는 드라마를 굳이 보는 이유가 있니?
A 재미있으니까!

신기하게도 아이들 대답이 묘하게 설득적이다. 그러니깐 아이들에게 이유를 묻고 따지지 말아주세요. 이유 없는 행동은 하나도 없으니까요.

웃으면서 화내기, 제대로 망가졌다

《웃음은 힘이 세다》
허은미 글, 윤미숙 그림

웃으면서 화내는 사람이 있을까? 다섯 살 둘째 녀석 말이 계속 마음에 걸린다.

"엄마, 왜 아까 무서운 얼굴 했어?"

"네가 자꾸 엄마 말 안 듣고, 네 맘대로 하려고 하니까 기분이 안 좋아서. 왜? 무서웠어?"

"응."

"그럼 웃으면서 화낼까?"

말을 꺼내놓고 보니, 그게 진짜 되나 싶어 웃으면서 화를 내봤다. 망했다. 스타일만 구겼다(한번 해보시라, 생각보다 힘들다). 우스꽝스러운 내 얼굴을 본 애들은 배꼽을 잡고 웃는다. 뭐가 그렇게 좋다고 웃는 걸까, 생각해 보니 그런 적이 한두 번이 아니다. 나는 아무것도 아닌 일에 아이들은 웃음이 빵빵 터진다.

큰애가 "엄마, (동생을 가리키며) 재가 방귀 뀌었어" 하고 이를 때 "넌 방귀 안 뀌니?" 한마디만 해도 "깔깔깔."

"엄마, 고구마를 잘못 말하면 뭔지 알아?"

"모르겠는데?"

"정답은 고소미." 엉뚱한 퀴즈를 내놓고는 "깔깔깔."

"엄마는 왜 아빠를 자기라고 불러?"

"그럼 뭐라 부를까? 여보?"

여보라는 말이 뭐가 웃긴지, 그래도 "깔깔깔." 꼭 두더지 게임을 하는 것 같다. 웃음이 언제 튀어나올지 모르는.

그런데 '얼굴을 일그러뜨리고 눈물을 찔끔거리며 웃는' 게 사람뿐이라니. 허은미가 쓰고 윤미숙이 그린 《웃음은 힘이 세다》를 읽기 전에는 미처 몰랐다.

좋아하는 마음은 숨기기 어렵지. 새어 나오는 방귀도 숨길 수가 없어. 터져 나오는 웃음도 참을 수가 없지. 사람도, 말도, 침팬지도, 늑대도 모두 웃어. 무리를 지어 생활하는 늑대들이 싸움이 난 후 어떻게 화해하는지 알아? 우두머리 늑대가 힘이 더 센 늑대에게 다가가 간질간질 장난을 친대. 그러면 어느새 싸움은 끝이 나고, 평화가 찾아온대.

그리고 말이야. 얼굴을 일그러뜨리고 눈물을 찔끔거리며 웃는 건 사람뿐이래. 사람들은 좋아서 웃고, 웃겨서 웃고, 반가워서 웃고, 행복해서 웃고, 덩달아 그냥 웃기도 하지. 사진 찍을 때도 웃어. 근데 거기 빨강 머리 넌 왜 안 웃는 거야?

"웃고 싶지 않으니까."

"왜 웃고 싶지 않은데?"

"몰라, 그냥 기분이 안 좋아. 괜히 심술이 나고, 자꾸 짜증이 나."

그럴 때 필요한 게 바로 웃음의 뿅망치지. 짜증괴물, 걱정괴물, 불안괴물, 후회괴물, 귀찮아괴물, 미움괴물, 심통괴물을 모두 뿅망치로 날려버려. 그래도 웃음이 안 나온다고? 그렇다면 늑대의 지혜를 빌릴 수밖에. 간질간질간질. "우하하, 그만해." 그래 그렇게 웃는 거야.

'웃음은 힘이 세다'라. 이 말의 의미를 알 것도 같고 모를 것도 같고. 아홉 살 다은이에게 물었다.

《웃음은 힘이 세다》 | 허은미 글 | 윤미숙 그림 | 한울림어린이(2015)

"이 책 제목 말이야, 웃음은 힘이 세다는 말. 무슨 뜻인지 알겠어?"

"아니, 모르겠어."

"엄마도 헷갈리네. 알 것도 같고. 근데 웃지 않고 있으면 어때? 화내고 있으면?"

"외롭겠지, 친구들이 안 오니까."

"그래? 그렇지, 외롭겠네."

"아, 이제 알겠다. 반대로 웃고 있으면 친구들이 많이 오니까, 너도나도 웃게 돼. 그래서 웃음은 힘이 세다고 하나 봐."

다은이 입에서 "외롭겠지"라는 말이 나올 줄 몰랐다. '바빠서 잘 못 챙겨줬는데, 학교생활 잘하고 있는 거겠지?' 갑자기 걱정도 되고 뭔가 짠한 마음이 밀려온다. '그래도 큰애는 작은 일에도 잘 웃는 편이니, 그럴 일은 없을 거야' 생각한다. 웃음이 헤픈(?) 딸에게 별일 아닌 것에 뭘 그렇게 웃느냐고 타박 아닌 타박을 할 때가 많았는데, 그러지 말아야겠다고 살짝 다짐도 해본다.

사실 엄마 · 아빠 피로 제거에 정말 탁월한 비타민은 바로 아이들 웃음이다. 버스도 안 와, 지하철도 늦어, 날도 추워, 퇴근길 인파에 떠밀리다시피 해서 집에 도착한 그런 날, 정말 "딱 여기까지만!" 하고 두 손 들고 싶을 때도 나를 웃게 한 건 아이들 웃음소리였다.

방실방실 웃는 아이들을 보며 '그래 이 맛에 살지, 뭐 사는 게 별건가' 하고 스스로 마음 토닥였던 것. 그래 이거구나. 이제 엄마도 알겠다. 땅이 꺼져라 한숨을 쉴 만큼 지친 엄마 마음도 일으켜 세우는, 너희들 웃음이야말로 진짜 힘이 세. 엄마도 너희들 더 많이 웃게 해줄게.

웃지 않는 아이들

"이건 정말 거짓말 같다."

도서관에서 책을 읽던 아이가 혼잣말을 하며 책장을 덮는다. 뭐지? 제목도 《거짓말 같은 이야기》(강경수 글·그림, 시공주니어)다. 대한민국에 살고 있는 주인공 솔이의 꿈은 화가다. 그런데 다른 나라에 살고 있는 친구들은 사정이 조금 다르다. 키르기스스탄에 사는 하산은 매일 지하 갱도에서 무거운 석탄을 실어 올리고, 인도에 사는 파니어는 카펫 공장에서 하루 14시간씩 카펫을 만든다. 그리고 루마니아에 사는 엘레나는 3년째 거리의 맨홀에서 외롭게 산다.

웃지 않는 아이들. 솔이가 묻는다.

"거짓말이지?"

그림책 아이들이 답한다. "아니, 거짓말 같은 우리의 진짜 이야기"라고. 웃지 않는 수많은 아이들로 가득한 마지막 페이지의 여운이 오래도록 남는다.

엄마는 모르는 가상 친구 '빙봉'을 대하는 법

《내 비밀 친구 토미》
코리 브룩 글, 수 드젠나로 그림

영화 〈인사이드 아웃〉을 아이와 함께 보면서 비밀 친구에 대해 다시 생각하게 됐다. 기억 저장소에서 길을 헤매고 있던 라일리의 비밀 친구 '빙봉'이 인상적이었기 때문이다.

"너도 어렸을 때 빙봉 같은 비밀 친구 있었는데, 기억 안 나?"
"내가 정말 그랬어?"

예상대로 다은이는 전혀 기억하지 못했다. 분명 라일리에게 달나라에 함께 가자고 했던 빙봉 같은 비밀 친구가 있었는데, 그걸 나만 기억하다니. 코리 브룩이 쓴《내 비밀 친구 토미》에 눈길이 간 것은 그런 이유에서다. 막스와 비밀 친구 토미 이야기는 이렇다.

막스의 하나뿐인 친구 토미를 아니? 토미는 모든 창문에 살아. 막스를 비추는 창문마다 토미가 있지. 그래서 막스는 외롭지 않았어. 하지만 엄마는 이해하지 못해. 왜 그렇게 창문에만 붙어 있느냐고 야단이지.

그건 아빠도 마찬가지였어. 어른들은 토미가 있는지 몰랐어. 토미와 나는 공통점이 참 많은데, 부끄럼을 잘 타고 옷도 똑같이 입고 키도 같아. 하는 행동도, 느끼는 것도 똑같아.

그런데 학교 입학을 앞두고 막스의 신경이 무척 날카로워졌어. '토미도 학교에 입학한다면 아마 나랑 같은 기분일 거야.' 막스는 토미의 기분을 좋게 하려고 우스운 이야기를 들려줬어. 물론 창문에 대고 말이지. 어른들은 그런 막스를 물끄러미 쳐다봤지.

학교에 입학해서도 막스의 친구는 토미뿐이었어. 샘을 만나기 전까지는. 샘과 친구가 된 막스는 학교생활이 두렵지 않았어. 떨리지도 않았지. 그런데 이상하게도 그날부터 토미가 보이지 않았어. 하지만 막스는 걱정하지 않았어. 토미는 잘 있을 걸 알고 있었거든. 막스 곁을 떠나지 않을 거라는 것도.

마지막 페이지를 덮으며 다은이에게 물었다.

《내 비밀 친구 토미》 | 코리 브룩 글 | 수 드젠나로 그림 | 김경연 옮김 | 풀빛(2014)

"토미는 어디로 갔을까?"

"막스가 학교에서 더 많은 친구들을 사귀라고 사라져준 게 아닐까?"

"너도 그랬니?" 묻고 싶은 걸 간신히 참았다. 다은이는 어릴 때부터 혼자 잘 놀았다. 엄마를 굳이 찾지 않았다. 그런 어느 날 처음으로 아이에게 비밀 친구 이야기를 들었다. 물론 그 친구는 내가 전혀 알지 못하는 가상 친구였다. "그랬구나"라고 대수롭지 않게 대꾸해주면서 생각했다. '혼자 논다고 그냥 두는 것도 좋은 게 아니구나.'

불안하지는 않았다. 아이들이 크면서 한때 가상의 친구들을 만들어내기도 한다는 이야기를 들어서다. 우리 아이도 그런 거라고, 잘 지나갈 거라고 스스로를 다독였다. 대신 의도적으로 말을 많이 걸었다. 아이의 비밀 친구는 그 후로 몇 번 등장하다 기억에서 잊힌 것 같다. 내 기억에서도. 아이 말대로 정말 더 많은 친구들과 사귀고 노느라 잊힌 걸 수도. 빙봉을 잊은 라일리처럼.

엄마, 절친이 생겼어요!

"엄마, 나 이제 승연이랑 절친 됐다!" 둘째 아이가 어린이집 친구 승연이가 나래랑만 논다고 토라져 있더니, 이날은 승연이랑 놀았다고 싱글벙글이다. 어떻게 된 일인지 궁금해서 물으니 돌아오는 답이 시쳇말로 '깬다'.

"응, 승연이가 나래랑 싸웠어. 그래서 나랑 절친 됐어."

그래, 사랑도 우정도 변하는 거니까. 그림책 《싸워도 우리는 친구!》(이자벨 카리에 지음, 김주열 옮김, 다림)도 같은 배를 탄 친구 피트와 패트가 싸우고 화해하는 과정을 담았다. 늘 좋기만 할 수는 없지만, 없다는 건 상상할 수도 없는 친구. 그나저나 애 키우느라 바쁜 내 절친들은 잘 지내고 있는 건가? 보고 싶다.

사인펜으로 화장한 딸, 이유 물었더니

《네 모습 그대로 사랑한단다!》
샘 맥브래트니 글,
아니타 제람 그림

다음 글 일부는 5세 아이와의 대화를 바탕으로 아이 입장에서 쓴 글입니다.

이상하다. 엄마가 웃고 있다. 어색하다. 이럴 때 엄마는 보통 큰 목소리로 내 이름을 부르는데……. 엄마가 웃고 있으니까 나는 아주 조금 더 무서웠다.

"왜 사인펜으로 눈썹하고 입술을 칠했어?"

솔직하게 말해도 될까? 뭐라고 말해야 덜 혼날까? 나는 계속 머리카락만 꼬았다 풀었다. 아차차, 이건 엄마가 좋아하지 않는 행동인데……. 조그맣게 들릴 듯 말 듯 말했다.

"칠하면 예쁠 것 같아서."

"뭐?"

뭐지 이 상황은? 엄마가 소리 내어 웃는다.

"근데 엄마는 립스틱을 안 바르잖아. 립스틱도 없잖아. 근데 어떻게 그런 생각을 했어?"

내 말이 그 말이다. 나는 진짜 예쁜 색깔 립스틱을 바르고 싶었는데, 엄마 화장품 가방에는 립스틱이 하나도 없었다. 내가 사인펜으로 입술을 칠한 건 어찌 보면 다 엄마 때문이다. 그래서 다시 솔직하게 말했다.

"그러게, 엄마는 왜 립스틱이 한 개도 없어? 바르면 더 예쁠 텐데."

이번에는 엄마가 나를 안았다. 깔깔깔 더 크게 웃으면서. 그러면서 말했다.

"그래? 그럼 엄마도 립스틱 하나 살까? 너는 무슨 색이 좋아?"

나는 망설이지 않고 대답했다.

"빨간색, 난 빨간색이 좋을 것 같아."

끝까지 엄마한테 혼나지 않았다. 참 이상한 날이다. 게다가 엄마가 립스틱을 산다니! 근데 사인펜으로 입술 칠한 게 그렇게 이상한가? 난 예쁘기만 한데…….

아이도 아는 걸까? 뭔가 잘못했을 때 덜 혼날 수 있는 방법은 솔직하게 말하는 것뿐이라는 걸. 이런 순간엔 크게 혼내려던 마음이 쏙 들어간다. 이날도 그랬다. "예쁠 것 같아서"라는 말에 한 번 웃고, "립스틱을 바르면 (엄마가) 더 예쁠 것 같다"는 말에 또 한 번 웃음이 빵 터졌다. 엉뚱한 둘째 아이의 매력에 내가 서서히 빠져들고 있는 건지도 모르겠다.《네 모습 그대로 사랑한단다!》라는 책 제목처럼.

엄마곰, 아빠곰 그리고 아기곰 셋이 살고 있었어. 엄마·아빠 곰은 잠들기 전 아기곰들에게 늘 "너희는 세상에서 가장 사랑스러운 아기곰이란다"라고 말하곤 했어. 아기곰들은 궁금해서 "엄마가 그걸 어떻게 알아요?" 물었지.

엄마곰은 당황하지 않고 말했어. "그건 아빠가 갓 태어난 너희들을 보고 그렇게 말씀하셨으니까. 내가 본 곰 중에서 가장 예쁜 아기곰이라고. 세상 누구도 이보다 더 예쁜 아기곰은 못 봤을 거야"라고. 정말 멋진 대답을 들은 아기곰은 기분이 좋아서 잠들었지.

어느 날 첫째 아기곰은 이런 생각이 들었어. 엄마곰은 얼룩무늬가 있는 동생들을 더 좋아하는 게 아닐까? 둘째 아기곰도 아빠가 오빠랑 동생을 더 좋아하는 게 아닐까 생각했어. 같은 남자곰이니까. 셋째 아기곰도 걱정이 생겼어. 형과 누나보다 나는 왜 이렇게 작지?

아기곰들은 아빠에게 우리 셋 중에 누가 제일 예쁜지 물었어. 아빠곰은 당황하지 않고 말했어. "너희 셋 다 예쁘다"고 엄마가 그렇게 말씀하셨다면서. 또 얼룩무늬가 없어 걱정하는 첫째 아기곰과 아들이 아니라고 걱정하는 둘째 아기곰과 키가 작아 고민하는 셋째 아기곰에게 "너희들 모습 그대로를 사랑한다"고 말해주었어. 다른 건 아무 상관없다 하셨지. "너희 셋은 모두 세상에서 가장 사랑스러운 아기곰이야"라면서.

정말 멋진 대답이라고 생각했다. 아이들에게 이 말을 자주 해줘야겠다고 생각할 만큼. 둘째 아이를 갖기 전에, "둘째는 뭘 해도 예쁘다"는 말을 숱하게 들었다. 어렵게 둘째를 가진 만큼 그 기대는 더 컸다. 그런데 지금까지의 내 경험에 비추면 반은 맞고 반은 틀린다.

"이런 애는 열을 줘도 키우겠다"는 소리를 듣던 큰아이와는 어찌나 다른지……. 갖고 싶은 것도 많고, 하고 싶은 것도 많고, 보고 싶은 것도 더더더더 많은 우리 둘째. 또 고집은 얼마나 센지……. 뭔가 제 맘에 들지 않으면 인정사정 볼 것 없이 떼를 쓰고 우는 그런 날엔 '이건 아니다' 싶을 때도 많았다.

서러워 울기도 많이 울었다. 물놀이 공원에서 아빠랑 떨어지기 싫다며 떼를 쓰고 우는 둘째를 어르고 달래고 협박하다 급기야 튜브 바람을 빼고 있던 아빠에게 함께 울며 가던 기억은 정말 웃지 못할 한 장면이다.

그런데 달리 생각해보면 둘째 아이가 첫째 아이와 같기를 기대하는 것 자체가 불가능한 바람이 아닌가 싶다. 만약 그랬다면 '뭐야, 하나도 새로운 게 없잖아?' 하는 불평을 했을 수도. 아이들 모습 그대로를 사랑해야 하는 건 그래서다. 그래야 엄마도 아이도 평화롭다.

싸움의 승자는 언제나 아이들

엄마도 아이도 평화롭기만 하면 얼마나 좋을까? 그러나 현실은 불가능에 가깝다. 여기 그런 현실을 유머러스하게 그려낸 그림책이 있다. 아빠의 시선으로 쓴 《아빠는 언제나 너를 사랑해》(한스 크리스티안 슈미트 글, 안드레아스 네메트 그림, 이상희 옮김, 크레용하우스)다. 아빠는 말한다. 아이는 가끔 야옹야옹 귀여운 아기 동물이 되기도 하지만, 땅바닥에서 뒹굴뒹굴하며 냠냠 쩝쩝 먹이를 먹는 동물이 되기도 한다고. 또 기분이 좋아서 우쭐거리기도 하지만, 기분이 나쁠 때면 심술을 부릴 때도 있다고. 다른 사람에게는 친절하면서 가끔은 아빠와 싸우려 할 때도 있다고. "그래도 언제나 너를 사랑한다"고 고백하는 아빠.

그림책의 마지막, 아빠의 그런 마음을 다 안다는 듯한 아이 표정이 사랑스럽다. 사실 그림책 밖 현실에서도 그렇다. 엄마·아빠에게 혼나고도 금세 웃으며 "엄마, 아빠" 하고 달려오는 아이들. 돌이켜보면 싸움의 진정한 승자는 언제나 아이들이다.

동생 스트레스를 달래는 마법 같은 말 한마디

《조금만》
타키무라 유우코 글,
스즈키 나가코 그림

"동생 하나 더 낳을까?"

그럴 마음이 단 0.000001퍼센트도 없으면서 큰아이에게 이런 농담을 건넬 때가 있다. 그러나 동생 문제만큼은 단호한 큰아이.

"아니 싫어."
"왜?"
"지금도 충분히 귀찮단 말이야. 내 물건도 함부로 만지고. 근데 동생이 하나 더 생기면…… 으으으 정말 싫을 것 같아. 난 내 동생이 딱 한 살 때까지만 좋았어."

"응? 어째서?"

"그땐 내 물건도 잘 안 만지고, 말도 못 하고 그랬으니까."

세상에나. 그랬단 말이지. 딸 둘을 키우면서 힘든 일을 꼽자면 애들이 싸울 때다. 갈등이 생기면 저희들끼리 알아서 해결하도록 내버려두는 건 어쩌다 한두 번일 뿐. 실상은 본의 아니게 어느 누구 편에 서게 된다. 대부분 영혼 없는 사과 "미안해"로 마무리되곤 하지만.

싸움은 정말이지 별일 아닌 걸로 시작한다. 정말 '조금만' 이해해주면 될 일인데……. 동생과 같이 산 지 이제 48개월을 갓 넘긴 큰아이는 그게 여전히 '많이' 힘든 모양이다. 특히 나나 남편이 동생 편을 들었다고 생각하는 날엔 어찌나 서운한 표정인지. 우리가 동생을 더 사랑해서 그런 게 아닌데……. 그림책 《조금만》을 읽으면서도 그걸 모르겠니?

내 이름은 단비. 동생이 태어나 누나가 되고 나니 스스로 할 일이 많아졌어. 엄마는 항상 바빠 보였거든. 나는 엄마 손을 잡고 걷고 싶었지만, 엄마가 동생을 안고 있어 그럴 수 없었어. 잠옷을 혼자 입는 것도 서툴렀지만, 엄마에게 도와달라고 할 수 없었어. 공원에 그네를 타러 갈 때도 예전처럼 엄마랑 갈 수 없어. 그래서 친구 민정이 엄마가 "동생이 생겨 좋으니?" 하고 묻는데, "조금만" 그렇다고 했어.

단비는 엄마의 치맛자락을
조금만 붙잡고 걸었습니다.

4

《조금만》 | 타키무라 유우코 글 | 스즈키 나가코 그림 | 허앵두 옮김 | 한림출판사(2010)

책을 읽는 동안 단비 마음이 참 속상했겠구나 싶은데, 전혀 그런 티가 나지 않았다. 단비는 엄마 마음을 먼저 살필 줄 아는 착한 딸이었다. 단비가 동생을 보고 조금 큰 건지, 원래 이렇게 마음이 고운 건지 궁금해질 무렵, 아래 대목을 읽었다. 누가 그 이유를 말해주지 않아도 '조금' 알 것 같았다.

"엄마, 조금만 안아주세요."

"조금만?"

"네, 조금만이라도 괜찮아요."

"조금만이 아니라 많이 안아주고 싶은데 그래도 될까?"

엄마의 마법 같은 말 한마디에 금세 환한 얼굴이 된 단비. 단비는 엄마 품에 포옥 안겨 잠을 청했어.

내 경우는 조금 달랐다. 단비 엄마와 반대로 나는 작은아이에게 '조금만' 기다려달라고 할 때가 많았다. 내겐 조금만이지만 작은아이에겐 꽤 긴 기다림이었을지도 모르겠다. 내가 "밥 먹어라", "씻어야지" 할 때마다 아이가 습관적으로 "잠깐만" 하는 버릇이 생긴 것도 그래서인가. 이제부터라도 큰아이에게 '조금만' 기다리는 시간을 줘야겠다. 작은아이가 내 품을 충분히 느낄 수 있도록. 그림책 《조금만》이 내게 준 아주 큰 가르침이다.

동생 스트레스 vs 언니 스트레스

'동생 스트레스 대 언니 스트레스'에 대해 다자매(다은, 다윤)에게 물었다. 그리고 이제는 말할 수 있는 엄마의 속마음.

"언니 스트레스가 더 많아. 왜냐면 다윤이는 옷도 안 갈아입고 내 침대에 올라가잖아. 바깥 세균이 얼마나 많은데. 또 내 물건도 허락 없이 만지고, 제자리에 갖다놓지도 않는다고. 내 말도 잘 안 들어. 그런데도 할머니는 계속 나한테만 양보하라고 해."

"동생 스트레스가 더 많아. 왜냐면 언니는 내 마음대로 안 해줘. 장난감 잠깐만 쓰고 싶은데 못 만지게 하고. 나도 때리잖아. 아프고 슬퍼. 그런데 사실은 언니가 좋을 때가 더 많아."

"엄마 스트레스가 더 많아. 왜냐면 다자매 너희 둘 싸울 때 엄마가 얼마나 힘든지 아니? 서로 자기편을 들어달라는 눈빛을 외면하는 것도 다 이유가 있어. 엄마가 중재에 나서면 결국 어느 한 편을 들기 마련이니까 서운한 사람이 생길 거 아냐. 그럴 바엔 너희들끼리 지지고 볶는 게 낫다는 생각에서야. 잠깐 시끄럽긴 하지만 그게 낫다고 봐. 싸우다 보면 미운 정 고운 정 들겠지. 그러니 제발 애처로운 눈빛을 발사하는 고양이 코스프레는 하지 말아줄래?"

동심 파괴 언니, "달이 따라온다"는 동생 말에

《달님 안녕》
하야시 아키코 글·그림

"엄마, 저기 달 좀 봐요."

"와, 큰 보름달이네."

"응, 근데 달이 자꾸자꾸 우릴 따라와요."

"그래? 그럼 '달님 안녕' 해야지."

"달님, 안녕. 응? 근데 지금은 안 보여요."

"구름이 가려서 그런가 봐. 그러면 안 돼요 안 돼, 구름 아저씨 비켜주세요, 달님 얼굴이 안 보여요 해야지."

어린아이들은 그림책을 읽는 게 아니라 통째로 외운다더니, 애들만 그런 건 아닌 것 같다. 엄마도 그렇다. 하도 많이 읽어서 너덜너덜해진 책《달님

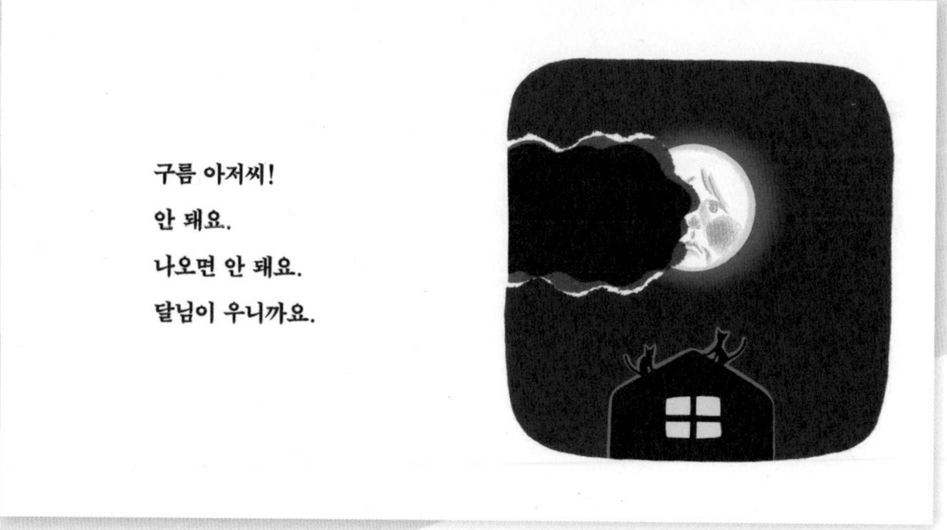
구름 아저씨!
안 돼요.
나오면 안 돼요.
달님이 우니까요.

안녕》 이야기다.

차를 타고 가면서 애들이 보름달이 보이네, 초승달이 보이네 하는 이야기만 꺼내면 내가 먼저 《달님 안녕》 내용을 줄줄줄(이라고 하기엔 참 단순한 글과 내용이지만) 읊곤 했다. 책 내용이 익숙한 아이들은 그때마다 "달님 안녕" 하며 알은척했다.

그런데 이 말을 누가 했더라? 만날 "달님 안녕"이라는 글만 생각했지, 정작 이 말을 누가 했는지는 기억에 없다! 생각난 김에 책을 다시 펼쳤다. 마르고 닳도록 읽었는데도 그림은 새롭게 느껴졌다. 자세히 보니 그림엔 고양이들도 있었다. '달님 안녕, 이게 고양이가 한 말이었나? 이 고양이들이 대체 어디서 튀어나왔담?'

아, 나왔네!
달님이 웃고 있네.
달님, 안녕?
안녕하세요.

《달님 안녕》 | 하야시 아키코 글·그림 | 한림출판사(1990)

밤이 되고 하늘이 깜깜해지자 고양이 두 마리가 어슬렁 지붕 위에 올랐어. 어? 지붕 위가 환해지네. 달님이 떴어. 달님 안녕? 그때였어. 구름이 나타나 달님 얼굴을 가려버렸네.

구름 아저씨, 비켜주세요.
달님 얼굴이 안 보여요.

고양이들은 꼬리를 세우며 몸을 잔뜩 웅크렸어. 구름은 곧 사라지고 다시 웃고 있는 달님이 나왔어. 달님 안녕?

크고 작은 도서관은 물론 소아과, 카페, 치과, 미용실 등 웬만한 가게에 한 권 정도는 비치되어 있는 《달님 안녕》. 큰아이 돌 무렵 구입해 동생이 다섯 살이 될 때까지 둘 다 잘 읽었던 그림책이다. 이 정도면 '그림책계의 레전드'라는 말이 과언은 아니다. 그런데 처음 이 책이 출간될 무렵(1990년)엔 나처럼 생각하는 독자가 더 많았던 것 같다. 처음엔 창고에 재고가 잔뜩 쌓여 있었다고 하니. 그러다 점점 아이들이 좋아하더라는 입소문을 타고 팔리기 시작해 100만 부를 넘어선 게 몇 년 전이란다.

그런데 도대체 모르겠다. 왜 아이들이 이 단순한 이야기에 빠져드는지. 혹시 '안녕'이란 말이 아이들에게 익숙하기 때문일까? 이 책의 주 타깃이 0~3세라는 걸 감안하면 더 그렇다. 아이가 이제 막 배 속에 있는 걸 알았을 때부터 엄마들은 말한다. "아가야 안녕! 엄마 · 아빠에게 와줘서 고마워"라고. 그 후로도 많은 말을 듣겠지만, 반복적으로 듣는 말 중 하나가 '안녕'이기 때문은 아닐까, 하는 추측을 해본다. 마치 아가들이 아빠 목소리를 알고 반응하는 것처럼 말이다. 그래서다. 이 책을 특히 3세 미만 아이에게 권하는 건. 왜냐고? "달이 우릴 따라온다"는 동생 말에 코웃음을 치는 동심 파괴 아홉 살 큰아이 말을 들어보면 안다.

"야, 그건 달이 따라오는 게 아냐. 달은 가만히 있는데, 우리가 움직이니까 그렇게 보이는 거야. 그렇지 엄마?"

"응? 그렇긴 한데…… 너 그걸 어떻게 알았어?"

"학교에서 배웠어."

"……."

어느새 자연의 법칙을 다 알아버린 큰아이. 그런데 어쩌지? 엄마는 "달이 자꾸자꾸 우리를 따라와요" 하는 말이 아직은 더 반갑고 좋은데……. 한때는 "제발 좀 빨리 커다오" 했는데, 요즘은 너무 빨리 커버린 건 아닌가 싶은 생각도 가끔 든다.

달님에게 기도합니다

달이 훤하게 밝은 날에는 두 손을 모아 기도하는 버릇이 있다. 종교는 없지만 누구나 기도는 할 수 있으니까. 어떤 날은 '달님, 예쁜 아이 갖게 해주세요'였다가, 어떤 날은 '우리 가족 모두 건강하게 해주세요'였다가, 또 어떤 날은 '이번엔 제발 물가 대비 월급 좀 오르게 해주세요'라고 기도한다. 소소하다면 소소하고, 크다면 큰 소원들. 아무리 무리한 부탁이라도 달은 넉넉하게 들어줄 것 같아서다.

그날도 기도했다. 304명의 아이들이 바닷속에 잠긴 2014년 4월 16일 그날도. 전주영이 쓰고 그린 《노란 달이 뜰 거야》(이야기꽃)는 소중한 누군가를 떠나보낸 그들을 위로하는 노란 달빛의 이야기다. 아빠를 기다리며 나비를 그리는 아이. 아이가 그린 나비는 집 안 구석구석을 날아다니다 세상 밖으로 날아간다. 밖으로 날아간 나비는 아이와 아빠의 추억이 담긴 골목길을 하나하나 비춘다. 여전히 아빠는 오지 않지만, 언제 오느냐고 묻지 않는 아이. 대신 방 안에 달빛이 가득하다. 그 순간만큼은, 오로지 행복한 기억만 존재하는 것처럼.

2장

아이고, 내 배꼽 빠지겠네

초1 시험 문제에 이런 답, 웃음만 나오네요

《참! 잘했어요》
이경국 글·그림

알림장: 틀린 문제 풀이 과정을 적어 옵니다.

다은이가 초등학교 2학년 때인가 시험지를 불쑥 내밀었다. "국어는 풀이 과정을 어떻게 써야 할지 모르겠어!"라며. 이틀 전엔가는 수학 시험지를 가져오더니, 이번에는 국어다. 다른 건 몰라도 국어는 내 전문 영역. "그래? 어디 보자. 엄마가 가르쳐줄게." 대수롭지 않게 생각했다. 문제를 보기 전까지는.

[ ]되는 말은 재미있습니다.
빈칸에 들어갈 말은?

주관식 문제다. 예시나 답이 몇 글자인지 같은 힌트는 없다. 틀린 문제 풀이 과정을 써 오라는데 정답이 뭔지도 모르겠다. 문제를 뚫어져라 찬찬히 읽었다. 답이 바로 생각나지 않았다. 한 번 더 읽었다. 그래도 잘 모르겠다. '뭐지? 뭐지? 뭘까?' 그러다 불현듯 떠오른 두 글자.

"반복? 반복인가? 반복 같은데??? 맞나? 혹시 수업 시간에 들어본 것 같아?"

아이는 조금 생각하더니, 맞는 것 같단다.

"그럼 반복이라고 쓰면 되겠네."
"아냐, 선생님이 꼭 풀이 과정을 써 오라고 하셨어."
"야, 답이 반복인데 그 풀이 과정을 뭐라고 쓰니?"

나도 모르게 목소리가 높아졌다. 못마땅한 표정의 아이 얼굴. 머리를 쥐어짜본다.

"가만…… 반복되는 말이 뭐가 있더라. 찰랑찰랑, 흔들흔들, 똑딱똑딱…… 이런 말을 써놓고 이렇게 반복되는 말은 재미있습니다, 라고 쓰면 되나? 대체 풀이 과정이 뭐지?"

다행히 아이는 이런 엄마식 풀이 과정이 마음에 들었나 보다. 후다닥 뭔가를 쓰더니 "숙제 끝, 이제 놀아야지"라며 제 방을 뛰쳐나갔다. 그러나 나는 아니었다. '이런 문제에 풀이 과정을 써 오라는 선생님의 의도는 대체 뭘까' 고민하고 또 고민했다(고민한다고 뭐가 달라지겠냐마는). 그때였다. 그림책《참! 잘했어요》의 주인공 참이가 떠오른 것은.

1학년 4반 4번 이름 나 참. 시험을 보면 맞는 것보다 틀리는 게 더 많은, 그래서 시험 보는 날 아침부터 엄마의 잔소리를 들은 참이는 마음이 무거웠어. 오늘따라 긴장이 되는지 배까지 살살 아팠어. 그런데 웬일? '이러다 나 백점 맞는 거 아냐?' 싶을 만큼 시험 문제가 술술술 풀리는 거야.

《참! 잘했어요》에는 참이가 시험 문제를 푸는 과정이 고스란히 담겨 있다. 이 책을 읽으면 누구라도 조금은 찔리고, 때로는 배꼽을 잡고 웃을 거다. "애들 앞에서는 찬물도 못 마신다"는 옛말이 하나도 틀리지 않는다는 사실이 놀라워서. 놀랍기는 참이 선생님도 마찬가지다. 틀린 답도 맞게 처리하는 선생님. 진심은 정말 통하는 걸까?

"참이 부모님께. 정답은 아니지만 참이가 쓴 답도 나름대로 일리가 있네요. 덕분에 저도 참이에 대해 좀 더 알게 된 것 같아요. 참! 잘했어요 도장 꽝꽝꽝!"

《참! 잘했어요》 | 이경국 글·그림 | 고래뱃속(2015)

이쯤 되면 궁금하다. '빵점' 같은데 '백점'인 참이의 답은 뭘까? 영화로 치면 뭔가 스포일러 같은 느낌이 들어 망설였는데, 전부가 아닌 일부만 살짝 공개하도록 한다. 단, 참이의 문제 풀이 과정은 생략했다.

5. 어려운 일이 연거푸 일어나는 것을 뜻하는 사자성어는 무엇일까요?

정답: 설 (사) 가 (또)

이 문제를 어른이 맞히기란 쉽지 않았을 것이다. 어른 머리에서는 절대 나올 수 없는 답이니까(적어도 나는 그랬다). 이 밖에도 선생님의 고개를 주억거리게 만든 참이의 문제 풀이는 재미있고 기발하며 한편으로 놀랍다. '아이들은 원래 이런 걸까?' 생각하며 책장을 덮었는데, 큰아이와 대화를 하며 이런 내 생각에 확신이 들었다.

"엄마, 나 이 책 뒷이야기도 알 것 같아."

"응? 뭔데?"

"다음에 참이가 또 시험을 보는데, 이런 문제가 나올 것 같아. '엄마 · 아빠는 왜 결혼했을까요?'"

"그래? 그럼 참이가 뭐라고 대답했을까?"

"음……, 아기를 낳으려고."

"뭐? 하하."

그야말로 엉뚱한 주인공에 엉뚱한 독자다. 그래도 좋다. 엉뚱한 게 꼭 나쁜 것만은 아니니까. 참이의 엉뚱함으로 참이에 대해 좀 더 알게 되었다는 선생님처럼 나도 내 아이의 다른 면을 발견하기도 하니까. 이런 게 애 키우는 재미 아니겠나.

엉뚱한 아이들을 그린 그림책

《잠자리 꽁꽁, 내 손 끝에 앉아라!》(우메다 요시코·슌사쿠 지음, 엄혜숙 옮김, 우리교육)는 표지 그림부터 호기심을 불러일으킨다. 홀딱 벗은 채 중요 부위만 나뭇잎으로 가린 소년. 소년이 그렇게 망가진 데는 다 이유가 있다. 장수잠자리가 쉽게 잡혔다면 소년이 이렇게 옷을 벗을 필요는 없었다. 이 아이는 오로지 장수잠자리를 잡기 위해 풀이 되었다. 과연 잠자리는 소년의 유혹에 넘어갔을까?

이불 걷어차고 자는데도 감기 안 걸린 이유

《한밤중 한 시에 검은 모자들이 찾아온다》
오쿠하라 유메 글·그림

"새벽에 좀 깨지 않고 잠 좀 편히 잤으면 좋겠어."

아이를 둔 엄마라면 100퍼센트 공감할 거다. 모유 수유를 할 때는 젖을 먹이느라 새벽마다 자다 깨다를 반복했다. 아이가 열이 나며 아플 때는 수시로 체온을 재느라 밤새 잠을 설쳤다. 기저귀를 뗄 무렵에는 새벽마다 뒤척이는 아이를 안고 화장실을 들락거렸다. 아이가 커가면서 그 모든 과정이 다 끝나가도 새벽에 깨지 않고 푹 자기는 여전히 힘들다. 아이가 움직이는 소리에 한 번씩 깨기 때문이다.

특히 큰딸 다은이는 한여름이나 한겨울이나 매일같이 이불을 걷어차고 잤다. 그럴 때마다 혹시 감기에라도 걸릴까 봐 새벽에 꼭 한두 번씩 일어나 이불을 덮어주었다. 물론 아이는 1분도 지나지 않아 다시 휙 이불을 걷어찼다. 그걸 보며 '내가 왜 사서 이 고생을 하나' 싶을 때도 많았다.

그러면서도 참 신기했다. 아이가 이불을 만날 걷어차고 자는데도 배탈이 나거나 감기에 걸리는 일은 거의 없었기 때문이다. 그 이유에 대한 궁금증을 풀어준 그림책이 있었으니, 바로 《한밤중 한 시에 검은 모자들이 찾아온다》다.

새벽 한 시. 발소리 하나 내지 않고 검은 모자 사람들이 한두 명씩 모여들었어. 말 한마디 하지 않았지만, 서로의 마음을 다 안다는 표정이야. 그러다 뭔가 결심한 듯 검은 모자 사람들이 동시에 하늘로 날아올라. 누가 마음속으로 '이 집부터 하자' 말하니까 모두 고개를 끄덕이는 검은 모자 사람들. 대체 이들은 누굴까?

'검은 모자에 검은 망토, 검은 바지, 검은 신발의 사람들이라면 저승사자라도 되는 건가? 애가 죽어서 데리러 왔나? 애를 보쌈이라도 해 가는 건가?' 책을 읽고 있지만, 머릿속은 다음 장면을 추측하느라 바쁘다. 기껏해야 애들 그림책인데 책장을 넘길 때마다 긴장감마저 느껴진다. '대체 이 사람들은 누구고, 뭘 하려는 거지?' 궁금증이 거의 폭발할 때쯤, 예상을 깨는 한 문장.

바람처럼 마루를 달려 잠든 아이 머리맡에서 살며시 이불을 살짝 덮어주는 검은 모자 사람들

'뭐야, 이거였어?' 순식간에 긴장감은 사라졌다. 얼핏 무시무시해 보이는 그들이 아이들에게 이불을 '살짝' 덮어주고 가는 착한 사람들이었다니. 검은 모자 사람들은 이불을 걷어차고 자는 어린이가 있는 곳이라면 어디든 간다. 아프리카든 인디언 부족 천막이든 찾아가 '살짝' 이불을 덮어준다. 심지어 노인이나 아프리카 초원의 동물들에게도.

다은이가 만날 이불을 걷어차도 좀체 감기에 걸리지 않았던 이유가 저 사람들 때문이었나, 생각하니 미소가 절로 지어졌다. 검은 모자 사람들이 복

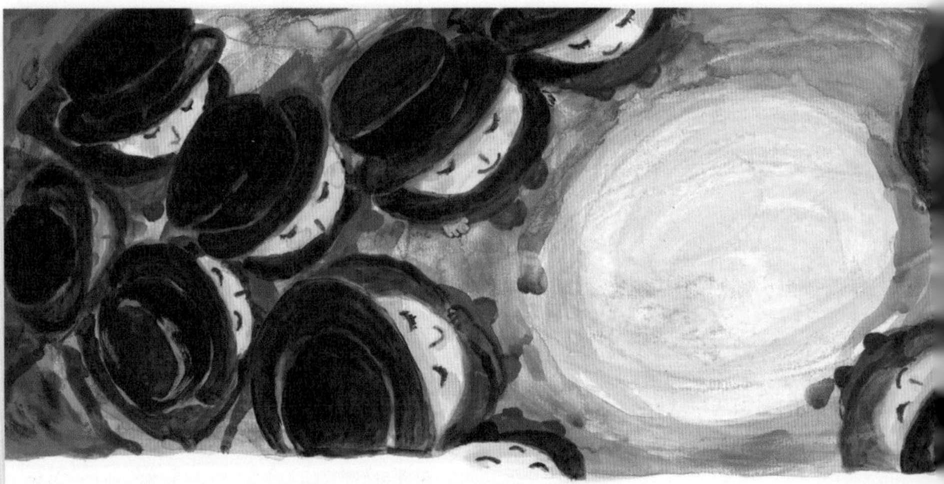

검은모자들은 서로 얼굴을 빙 둘러보고

장과 어울리지 않게 왜 다들 익살스러운 표정을 짓고 있는 건지도 그제야 이해가 갔다. 함께 책을 보던 다은이가 뭔가 생각났다는 듯 말을 꺼냈다.

"엄마, 엄마…… 근데 진짜 나 그런 적 있었어. 나는 분명 이불을 안 덮고 잤는데, 깨어보니 이불이 내 가슴 위에 덮여 있는 거야."

"그래? 그럼 진짜 검은 모자 사람들이 있는 건가 봐."

"근데 왜 한 번도 못 봤지?"

"너 새벽 1시에 깨어 있는 적 있어?"

"아니."

"그러니까 못 봤겠지."

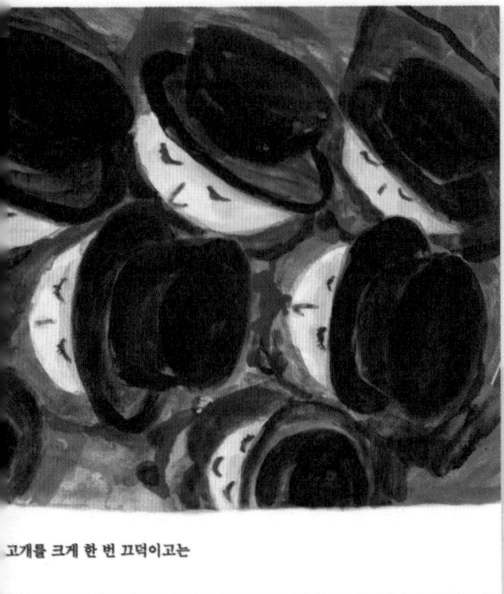

《한밤중 한 시에 검은 모자들이 찾아온다》
| 오쿠하라 유메 글·그림 | 이기웅 옮김 | 길벗어린이(2015)

"산타 할아버지는 언제까지 와?"라고 묻는 다은이에게 "네가 있다고 믿는 순간까지"라고 말해준 적이 있다. 진짜로 우리가 있다고 믿는 존재들이 한 번쯤 '짜잔' 하고 나타난다면 얼마나 재미있을까? 뉴욕 한복판에 나타난 영웅, '어벤저스'들처럼 말이다. 만약 그렇게 되어 새벽 한 시, 검은 모자 사람들을 우연이라도 만나게 된다면 "그동안 우리 애들 이불 덮어줘서 고맙다"는 말, 꼭 해주고 싶다.

물건에 집착하는 아이들

이불을 잘 덮지 않고 자던 다은이에게도 아끼는 이불 하나가 있었다. 이불이라 부르기도 어려운 큰 수건을 사계절 내내 덮고, 끼고, 시시때때로 가지고 놀았다. 어찌나 오래 썼는지 수건 모서리 부분이 너덜너덜해질 정도였다. 동물이 잔뜩 그려져 있는 새 이불을 사줘도 전시용일 뿐이었다.

그런데 이게 웬일. 어느 날 꽃무늬가 잔뜩 그려진 내 이불이 포근하다면서 둘둘 말고 자겠다는 게 아닌가. 한겨울에도 다 떨어진 수건을 덮고 자겠다고 고집을 부려 걱정이었는데 이렇게 고마울 수가. 그림책 《나비 이불》(최나나 글, 대성 그림, 꿈터)에도 나와 비슷한 고민을 하는 엄마가 나온다. 엄마는 이불을 바꿔주고 싶은데, 꼭 나비 이불을 덮어야 잠이 온다는 아이. 엄마는 이 문제를 어떻게 해결했을까?

글씨 하나 없는 그림책, 그래도 충분히 좋더라

《노란 우산》
류재수 지음, 신동일 작곡

'아이가 생기면 이건 꼭 사줘야지' 했던 아이템이 있었다. 보는 것만으로도 기분 좋게 잠들 수 있을 예쁜 잠옷, 알록달록한 우산과 장화. 후배와 이런 이야기를 나누다 "왜요?"라는 질문에 "없이 자라서"라고 말하며 웃었다. "이렇게 말하고 나니 갑자기 슬퍼지네"라며 한 번 더 크게 웃었다.

진짜다. 그때 잠옷은 텔레비전 드라마에 나오는 아역배우만 입는 건 줄 알았다(그게 뭐라고). 우산도 그랬다. 비 오는 날 내 손에 쥐게 되는 우산이 우산살만 휘어지지 않으면 다행이라 생각했다(지금 일회용 우산은 싸고 예쁜데, 그땐 안 그랬다).

검은색과 회색, 빨간색, 노란색 그리고 체크무늬 우산에 간혹 파란 투명

비닐 일회용 우산들. 확실히 내 취향은 아니었다. 리본무늬, 하트무늬, 도트무늬. 그 많은 예쁜 우산이 우리 집엔 없었던 모양이다. 장화는 정말 한 번도 신어본 적이 없었던 것 같고.

다은이가 초등학교 입학했을 무렵, 백화점에서 큰맘 먹고 우산을 샀다. 아이가 좋아하는 동물이 잔뜩 그려진 우산이었다. 물론 그해 장맛비를 채 다 맞지 못하고 분실했지만. 우산 잃어버리는 건 내 주특기인데. 엄마가 내 우산에 신경을 쓰지 않은 것도 그래서였나.

이번에 소개하고 싶은 책은 알록달록한 우산이 등장하는 그림책《노란 우산》이다. 그런데 이 그림책에는 글씨가 없다. CD 한 장 들어 있을 뿐이다. 책장을 펴면 이런 안내 문구가 나온다.

'이제 빗소리와 함께 제일 첫 장을 여시고 침묵과 함께 책장을 넘기시며 감상하시기 바랍니다.'

침묵과 함께 감상하라니. 그림책 입문 몇 년 만에 새로운 경험이었다. 그런데 이 안내는 굳이 없어도 될 듯하다. 침묵이 통하지 않는 그림책이니 말이다. 첫 페이지를 여는 순간, 들리지 않아도 들리는 것 같고, 글씨가 없어도 보이는 것 같으니, 침묵이 통하지 않을 수밖에.

노란 우산을 쓰고 장화를 신은 아이가 집을 나섰어. 옆 동에 사는 아이도 함께 집을 나섰지. 아파트 단지를 벗어나 어딘가로 가는 길, 우산은 셋에서 다섯으로 늘어났어. 길에 보이는 놀이터를 그냥 지나치지 못하는 아이들은 괜히 발자국을 남겨. 그 사이 분수대를 지나 계단을 걷고 철길을 건너는 사이 아이들은 십여 명으로 늘어났지. 셀 수 없을 만큼 거리를 메운 우산 행렬. 어딜 가나 했더니, 저만치 학교가 보이네.

'비 오는 날 학교 가는 모습을 담은 거구나.' 마치 드론을 띄워 동영상을 촬영한 듯 빗속에서 더 선명하게 보이는 우산 색깔. 우산 속에 숨은 이야기가 더 있을 것 같은 호기심을 자극한다. 여기서 아홉 살 큰아이와 숨은그림 찾기 하나.

《노란 우산》 | 류재수 지음 | 신동일 작곡 | 보림(2007)

《노란 우산》 | 류재수 지음 | 신동일 작곡 | 보림(2007)

"이 그림책에 있어야 하는데 없는 게 있던데."

"응? 뭔데?"

"찾아봐."

"장화인가? 뭐지? 뭐야? 뭔데?"

"알려주면 재미없는데……. 비 오는 날인데 빗줄기가 그림에 없지 않니?"

"아……, 그래도 비 오는 날인 건 알 수 있지."

"어떻게?"

"일단 우산을 썼으니까, 그리고 여기 물웅덩이도 있잖아. 장화도 신었고. 그리고 나무랑 풀도 비가 오니까 색이 짙어졌어. 자 봐봐, 여기."

글씨 없는 그림책의 장점은 맞춤형 이야기가 가능하다는 거다. 나만의 이야기를 만들어낼 수 있다는 말이다. 혼자 읽을 때는 '아이가 보는 그림 속 이야기는 어떨까' 궁금했는데, 같이 읽으니 퍼즐을 맞추듯 이야기를 만들어가는 재미가 있었다. 새로운 경험이었다.

그런데 고백하건대 이야기 짓기보다 피아노 소리가 더 좋았다. 그림책에 글이 있지 않아도, 이야기가 있지 않아도 이대로 충분하다는 생각이 들 만큼. 며칠 전, 봄비다운 봄비가 내렸다. 내가 사는 아파트 단지 앞에도 알록달록 우산꽃이 피었다. 모았다 펴지기를 반복하는 우산꽃 행렬은 아파트 횡단보도 건너편 학교 앞까지 이어졌다. 한동안 그 모습을 지켜보았다. 이대로 충분히 좋네, 싶더라.

한 글자뿐인데, 이해가 되는 그림책

세상에 이런 그림책도 있다니, 충격이었다. 평화로운 돼지 가족이 등장하는 이 그림책엔 첫 장부터 마지막까지 나오는 글자라고는 '꿀' 자뿐이다. 제목도 《꿀!》(아서 가이서트 글·그림, 사계절)이다. 내용은 '꿀꿀'이거나 '꾸우울'이거나 '꾸우우울'이거나 '꿀꿀꿀꿀꿀꿀'이다. 그런데도 아기돼지들이 무슨 말을 하는지, 엄마돼지는 또 뭐라고 하는지 다 알 것만 같다.

조류독감이다, 구제역이다 하는 뉴스를 접할 때마다 불현듯 생각나는 그림책. 이 돼지 가족들은 어떻게 되었을까? 부디 그림책대로만 평화롭게 지내길 빈다. 꿀꿀.

아홉 살 딸에게 "시가 뭐냐?" 물었더니

《산이 코앞으로 다가왔다》
김용택 글, 정순희 그림

가정의 달 5월, 시작을 혹독하게 열었다. 다은이의 단기방학. 1일부터 5일까지 나는 아이에게 매인 몸이 되었다. 연달아 집안에 결혼식까지 있어 2주가 그야말로 홀랑 가버렸다.

그제야 원고 마감이 생각났다. 뭘 써야 하나. 큰아이 독서통장(학교에서 시행하는 도서 적립통장. 책 한 권을 읽을 때마다 100원, 다섯 줄 정도의 소감까지 쓰면 200원이 적립된다. 물론 이건 각 가정에서 아이들 용돈으로 지출하는 거다)에서 《산이 코앞으로 다가왔다》라는 책을 본 건 그때였다.

"산이 코앞으로 다가왔다? 우리 집에 이런 책도 있어?"

"그거 엄마가 준 거잖아."

"그래? (아이고 무안해라) 뭔데? 책 표지를 봐야 알겠어."

아이가 가져온 기다란 책에는 '김용택 글'이라고 쓰여 있었다. 그제야 후배가 "김용택 선생님이 그림책을 냈네요" 하고 말해준 게 떠올랐다. 전북 임실 섬진강 변에서 나고 자라 작은 초등학교 선생으로 오래 지냈고, 섬진강 시로 유명해서 '섬진강 시인'이라 불리기도 하는 김용택. 아이들 일기를 시로 써 책으로 엮기도 한 시인의 그림책이라 그런지, 그림책 이야기도 한 편의 시 같은 느낌을 준다.

보미는 엄마·아빠 사정으로 동생과 함께 시골 할아버지 댁으로 오게 됐어. 시골에서 보는 모든 게 낯설었지. 밤이 되자 캄캄해진 동네도, 스쿨버스를 타고 학교에 가는 것도, 땅에서 풀들이 돋아나는 것도. 그때마다 서울이 생각나고, 엄마가 생각났어.

신기한 것도 있었어. 소가 머리를 절레절레 흔들면 크게 울리는 핑경(풍경의 전라도 사투리) 소리도, 할머니가 풀 같은 것을 거꾸로 들고 나무 막대기로 탈탈 털면 하얗게 떨어지는 깨도. 그리고 "네 아빠도 가르쳤다"고 말해주는 선생님도 보미는 신기했어.

새로 알게 된 것도 있었어. 오동꽃이 보라색이라는 것, 밤중에 오줌이 마려워 밖에 나가면 까만 산이 무섭게 느껴진다는 것, 동생이 여치를 메뚜기와 헷갈려한다는 것, 그리고 알 수 없는 그리움의 끝에 '엄마'가 있다는 것도.

그림책치고는 분량이 길게 느껴졌지만, 한 편의 시를 읽은 듯 깔끔한 내

《산이 코앞으로 다가왔다》 | 김용택 글 | 정순희 그림 | 사계절(2015)

용이다. 군더더기 없는 문장에, 그림도 시원시원하다. 보는 것만으로도 시골살이가 눈앞에 펼쳐지는 듯했다.

"다은이는 이 책에서 어떤 문장이 제일 좋았어?"

"(한참을 생각하는 듯하더니) 그거 있잖아, 그거……."

"그거 뭐? 더 생각해봐. 엄마는 이 대목이 참 좋더라. 들어봐. '밤중에 오줌이 마려워 밖에 나가면 산이 까맣게 무서웠다. 둥근 달이 떠 있기도 했다. 달을 보고 가만히 달이라고 말해보았다. 달이 내 얼굴을 바라보았다'는 이 대목. 어때?"

"시 같아."

"그렇지? 엄마도 그렇게 생각했는데…… 근데 시면 시지, 시 같은 건 뭐야?"

"몰라. 그냥 시."

성의 없는 대답에 나도 모르게 퉁명스러운 말이 나왔다.

"그냥 시가 뭐야? 그럼 시는 뭐니?"

"시? 음……, 행과 연으로 되어 있는 거 아냐?"

"뭐? (듣고 보니 틀린 말이 아닌지라) 하하, 누가 그래?"

"수업 시간에 배웠어."

"그래, 네 말도 맞는다."

이때는 그냥 웃고 말았는데, 자꾸 생각해보니 내 질문이 잘못된 것 같다. 시는 그저 각자 느끼는 대로, 그 자체로 시가 될 수 있는 것인데 이제 고작 2학년 아이에게 "시 같은 게 뭐냐"고 따져 묻다니! 경솔했다. 이참에 다은이에게 동시를 읽어줘야겠다. 행과 연으로 된 것만이 시가 아니라는 걸 알려줘야지.

그래 가끔, 시를 쓰게 하자

어릴 적 학교 숙제 가운데 제일 쉬운 건 일기 쓰기였다. 물론 쓰기 싫을 때도 있었다. 그럴 때는 시를 지었다. 그런 경험 때문인지 가끔은 아이에게 일기 대신 시를 써보라고 한다. 아이의 시 쓰기는 1분도 안 되어 끝난다. 그래도 시는 시다. 한 편의 자작시에 웃기도 하고, 생각지 못한 감동을 받기도 하니까. 그렇게 해서 세상 밖으로 나온 이다은의 자작시 〈착한 바람〉을 감상해보자.

제목: 착한 바람

바람은 착하다

벚꽃 잎이 차를 더럽히면
차를 치워주는 착한 바람

꽃잎에 더러워진 도로도
바람이 불면 깨끗해진다

휭~ 휭~ 착한 바람

"내가 냉동 젖을 먹었다고?"

《달 샤베트》
백희나 글·그림

하악하악. 실내 온도가 30도라니. 도저히 안 되겠다 싶어 올해 첫 에어컨 가동 준비에 나섰다. 그때 내 눈에 번쩍 뜨인 책 한 권이 있었으니 바로《달 샤베트》.

'아, 이런 책도 있었지.'

너무너무 더워서 잠도 오지 않고, 아무것도 할 수 없는 밤. 달도 녹아내릴 만큼 더운 어느 여름날, 부지런한 반장 할머니는 흘러내리는 달방울을 대야에 받아 왔어. 빛

《달 샤베트》 | 백희나 글·그림 | 책읽는곰(2014)

나는 노란 달방울들을 무엇에 쓸까 고민하던 반장 할머니는 샤베트 틀에 나눠 담아 냉동 칸에 넣어두었지.

그때였어. 날씨만큼이나 뜨겁게 돌아가던 에어컨, 선풍기, 냉장고가 피시식하고 멈춘 건. 전기를 많이 써서 정전이 된 거야. 그런데 반장 할머니 집은 달랐어. 달방울 때문인지 밝고 노란빛이 새어 나왔거든. 모두 불빛을 따라 할머니 집에 갔어.

할머니는 시원하고 달콤한 달 샤베트를 나눠주었어. 곧 신기한 일이 벌어졌지. 달 샤베트를 먹자 더위가 싹 달아나버린 거야. 모두 집으로 돌아가 창문을 활짝 열고 잠을 청했어. 그리고 시원하고 달콤한 꿈을 꾸었지.

"더위를 잊게 해줄 만큼 달콤하고 시원한 달 샤베트라니. 지금 당장 맛보고 싶다."

"그거 어린이집에서 한번 만들어봤는데."

"응? 어떻게?"

"기억은 잘 안 나는데, 노란 물로 샤베트를 만들어 먹었어."

녀석이 뭘 말하는지 잘 모르겠지만, 《달 샤베트》 책장을 넘기다 눈을 떼지 못했다. 그 순간 음란마귀라도 씐 건지 내 머릿속에 생각난 건 '젖가슴'이었다.

"근데, 엄마는 저 달이 꼭 쭈쭈 모양 같다."

"응? 하하하."

"뭐가 웃겨, 너희들은 여자 아니냐? 곧 엄마처럼 이렇게 생길 거라고. (더 자지러지게 웃는 아이들) 잘 봐. 달 모양이 진짜 엄마 쭈쭈 같지 않아? 저렇게 똑똑 떨어지는 건 엄마 젖이고. (배꼽을 잡는 아이들) 왜 이러셩? 너희들이 다 먹고 컸는데."

아이들 웃음보가 터졌다. 웃음이 잦아들 줄 모른다. 그 사이 내가 내뱉은 혼잣말.

"달 샤베트는 그럼 냉동 젖쯤 되는 건가?"

"(웃음을 겨우 멈추고 다은이가 묻는다) 냉동 젖? 그게 뭔데?"

"너 몰라? 너 어렸을 때 엄마가 일하거나 외출하면 젖을 직접 먹일 수 없으니까, 엄마 젖을 냉동한 후 해동시켜 먹였어."

"정말? 엄마 젖을 아이스크림처럼 먹었다고?"

"아니, 해동시켜서 따뜻하게 해서 먹였지."

처음 듣는 이야기에 아이 눈동자가 반짝거렸다. 뭔가 굉장한 비밀 하나를 알게 된 듯한 표정. 하긴 네 살 터울 동생도 초유를 일주일 정도만 먹이고 분유를 먹였으니 '냉동 젖' 같은 건 보지도 못했겠구나. 큰아이를 낳은 그해 여름, 한두 시간마다 모유를 먹이느라 더운 여름을 어떻게 보냈는지 기억이 가물가물하다. 이 그림책 한 권으로 오래전 추억이 새삼 떠올랐다. 그 한여름 밤, 우리 아이도 젖을 꿀꺽꿀꺽 먹으며 '시원하고 달콤한' 꿈을 꾸었겠지?

한여름에 읽으면 좋을 그림책

"한여름에 읽으면 좋을 그림책 뭐가 있을까?"

"수박 수영장!"

다은이는 1초의 망설임도 없이 대답한다. 그만큼 강한 인상을 남긴 그림책이다. 수박이 남녀노소 함께 모여 놀 수 있는 수영장으로 탈바꿈한다니……. 작가의 기발한 상상력에 물개박수가 절로 나온다. 수박씨 같은 귀여운 아이들과 구름양산과 먹구름 샤워 모습은 또 어떻고.

여름마다 한 번씩 꺼내 읽어도 전혀 질리지 않을 것 같은 《수박 수영장》(안녕달 글·그림, 창비)의 매력은 또 있다. 바로 "우리 아이들이 좋아하는 망고 수영장에는 망고씨만 한 큰 서핑보드가 있겠네" 하면서 자꾸자꾸 재미있는 과일 수영장을 상상하게 한다는 거. 달콤한 수영장에 얼른 빠지고 싶다.

5세 아이의
고양이 흉내 내기,
어떻게 한다냥?

《고양이》
현덕 글, 이형진 그림

요즘 고양이 여러 마리가 우리 집을 들었다 놨다 한다. 〈요괴워치〉의 지바냥과 〈주얼펫〉에 등장하는 한 무리의 고양이 떼들이 바로 그 주인공들. 아홉 살 큰아이 다은이는 그렇다 치자. 걱정인 건 초특급 떼쓰기의 달인, 다섯 살 다윤이다. 언니가 하는 건 뭐든 다 따라 해야 하는 둘째 녀석. "넌 어떻게 언니보다 텔레비전을 더 많이 보려고 하니?"라는 큰아이 말은 과장이 아니다. 문제는 둘째 요 녀석이 고양이 말투를 따라 하는 거다.

"오늘은 (어린이집에 데리러) 엄마가 올 거냥?"
"요구르트 먹고 싶다냥."

"엄마, 나 왔다냥."

'이 녀석이 또 나를 시험에 들게 하는구나' 하는 생각은 잠시뿐, 웃어넘길 때가 많았다. 또래보다 말이 좀 늦은 데다가 요즘 들어 부쩍 말을 더듬기도 해서, 가능한 한 큰소리 내는 걸 자제하고 있기 때문이다. 다른 이유도 있다. 냥냥거리는 말투에 표정 연기까지 더해지면 어쩐지 귀엽기도 해서다. 눈에서 하트가 뿅뿅 나올 만큼. 그런데 여기, 우리 집 녀석보다 더 '센' 아이가 있었으니 현덕 글, 이형진 그림의《고양이》주인공이다.

우리 노마(사내아이를 뜻하는 평안남도 사투리)를 소개할게. 우리 노마와 친구들의 주특기는 고양이 흉내 내기야. 친구들과 무리 지어 놀면서 고양이 흉내를 잘 내. '고양이처럼 등을 꼬부리고 살살 발소리 없이' 목소리도 고양이처럼 아옹아옹 하면서.

정말 고양이라도 된 것처럼 사람들이 다니지 않는 데로, 마루 밑으로, 뒤꼍으로 가지. 고양이처럼 지붕 위까지 올라가지 못하는 것이 그저 한스러울 뿐이야. 부엌에서 저녁 찌개 할 부게(북어)를 고양이처럼 뜯어 먹다 딱 걸려 호통을 쳐도 그저 재미난다 싶은 표정의 노마들이라니까. 게다가 도망치는 속도는 또 얼마나 빠른지. 진짜 고양이들 같다니까.

'절대 잡히지 않겠다'는 의지가 보이는 그림책 속 아이들 얼굴을 마주하니 '큭큭' 절로 웃음이 난다. 역동적인 그림 때문인지, 고양이 흉내를 내는 노마와 친구들 표정이 내내 살아 있다. 그림 속에서도 "아옹아옹" 고양이 울음소리가 들리는 듯하다. 뭐가 그렇게 재미있는 걸까? 깔깔대는 노마들 얼굴에서도 웃음소리가 퍼진다.

"근데 이 아이들은 왜 하필 고양이 흉내를 내는 걸까? 강아지도 아니고."

그저 궁금해서 한마디 툭 던졌을 뿐인데, 다은이가 진지하게 이어서 말을 꺼낸다.

《고양이》 | 현덕 글 | 이형진 그림 | 길벗어린이(2000)

"내 생각엔…… 예전에는 집에 쥐가 많았으니까 고양이를 더 많이 키웠을 것 같아. 그러니까 고양이 흉내를 더 잘 내는 거지."

"어, 그럴싸한데?"

"엄마 몰라? 〈검정 고무신〉에서도 선생님이 학생들에게 쥐 잡아 오라고 하는 내용이 나오잖아. 엄마, 그것도 못 봤어?"

"못 봤어. 내가 너무 모르는 거니, 네가 너무 많이 아는 거니?"

'엄마 어렸을 적에'를 넘어 '할머니 어렸을 적에'나 있을 법한 이야기를 아이가 알고 있다는 사실에 놀랐다. 엄마 어렸을 적에는 개를 더 많이 키웠는데, 쩝.

한편, 이 그림책에는 앵두나무, 돌담, 검정 고무신, 뒷간처럼 요즘은 보기 힘들거나, 잘 쓰지도 않는 말이 나오는데 그건 작가 이력과 관련이 있다. 글을 쓴 현덕은 1909년 서울에서 태어나 한국전쟁 때 월북했다. 현덕은 '일상 속 아이들의 심리를 잘 그려내 현대 어린이문학의 전형을 보이고 있다'는 평가를 받는데 《고양이》는 노마를 주인공으로 한, 40여 편에 이르는 동화 중 하나다.

고양이 88마리가 나오는 그림책

재미있는 책을 만났다. 세상에 이렇게 다양한 고양이가 있을 줄이야! 그림책《반대말이 좋아요》(릴리안 브리거 글·그림, 에두와 리 옮김, 꼬마샘터)에는 88마리의 고양이가 서로 반대말을 주고받는 이야기를 담았다. 한 고양이는 덩치가 아주 '작고 귀엽고', 다른 고양이는 덩치가 아주 '크고 듬직하다'. 이렇게 서로 반대되는 상황의 고양이들이 대결하듯 등장한다.

44쌍의 고양이와 함께 '막히다–뚫리다, 갈라지다–합쳐지다, 거북하다–시원하다, 뚱뚱하다–홀쭉하다' 등의 반대말을 익혀보는 건 어떨까? 자연스레 따라오는 어휘력 향상은 덤이다.

"야하다"는 그림책, 온 가족이 함께 보던 날

《나는 여자, 내 동생은 남자》
정지영·정혜영 글·그림

"이 그림책은 너무 야해."
"응? 뭐가? 그런 그림책이 있어?"
"이 그림책 말이야. 어른들이 다 벗고 있다고."
"아! 그거."

다은이 학교 북카페에서 우연히 보다가, 애들 성교육으로 딱 좋겠다 싶어 헌책방에서 구입한 책 《나는 여자, 내 동생은 남자》를 두고 하는 소리였다. 나도 처음 봤을 때 '이 정도면 19금 아닌가, 너무 수위가 높은 것 같은데' 싶었던 책이다.

하지만 숱하게 듣지 않았나. 감추고 가릴수록 아이들은 더 궁금해하는 법이라고. 나는 그러지 말아야지 벼르고 있던 터라, 이참에 자연스럽게 성교육을 해보자 싶어 공개적으로 책을 폈다.

그런데 말이 쉽지 두 딸과 엄마 · 아빠가 나란히 소파에 앉아 애, 어른 할 것 없이 홀딱 벗고 있는 그림책을 함께 보기란 쉽지 않았다. 그래도 괜찮았다. 성교육, 이 대목에서 한없이 진지해지는 엄마 · 아빠와 달리 아이들에게는 그저 재미있고 웃기는 이야기일 뿐이니까. 이날도 상당히 어색할 법한 분위기를 무마시킨 건 아이들이었다.

누나는 여탕으로 가지만 동생은 남탕으로 가. 오줌을 눌 때도 누나는 앉아서 누지만, 동생은 서서 눠. 어른이 되면 여자와 남자는 더욱더 달라진대. 여자는 허리가 잘록해지고 가슴도 생겨. 또 여기저기 털이 나지. 남자도 마찬가지야. 어깨가 벌어지고 목소리도 굵어지고 여기저기 털이 나. 근데 왜 여자와 남자 몸은 이렇게 다르냐고? 그건, 아기를 만들어야 하기 때문이야.

책을 함께 읽고 난 후, 아무렇지도 않다는 듯 큰딸에게 말을 꺼냈다.
"이게 뭐가 야하다는 거야? 네가 크는 모습을 잘 보여주는구먼."
"내가? 이렇게 큰다고?"
"그래……, 너 목욕할 때 거울에 비친 네 몸 안 보니? 학교 가기 전이랑 후랑 좀 달라진 것 같지 않아? 이 중간쯤이 너인 것 같은데?"

"그럼 나중에 나도 여기에 이렇게 털이 나?"

"그럼, 나지. 겨털도 나."

"겨털이 뭐야?"

"겨드랑이 털."

까르르 뒤집어지는 아이들. 둘째 아이는 더 거침이 없다.

"그럼 아빠도 이렇게 털이 났어?"

"그럼, 아빠도 털이 났지."

성교육은 이제 시작인데, 내가 더 배운 기분이다. 다소 민망한 이 책이 특별히 고마운 이유다.

이 그림책은요

이 그림책은 정지영, 정혜영 자매가 쓰고 그렸다. '엄마와 함께 보는 성교육 그림책 시리즈'로 구성된 책은 《내 동생이 태어났어》, 《나는 여자, 내 동생은 남자》, 《소중한 나의 몸》까지 모두 세 권이다. 이들 자매는 한 달 사이로 정지영은 딸을, 정혜영은 아들을 낳았다. 작가는 "두 아이가 태어나고 자라는 모습을 지켜보면서 느낀 생명에 대한 감동, 언젠가는 아이들 자신들도 생명을 탄생시킬 수 있는 소중한 존재라는 사실을 전하고 싶었다"고 책에서 밝혔다.

저자들이 이 책을 읽는 부모님에게 당부하길, 왜 엄마랑 아빠는 함께 자고, 왜 쟤는 나랑 다른지 하는 "이러한 관심과 물음은 부모가 적당히 얼버무려서는 안 되는 영역"이라고 강조한다. "아이들의 천진난만한 호기심이 거부되기보다는 엄마와 아이가 서로의 존재를 더 잘 이해할 수 있는 대화가 이뤄져야 한다"는 것도 새겨들을 조언이다.

3장

너무 빨리 커버린 아이에게 배웠다

공주 되고 싶은 딸의 '취향 저격' 그림책

《엄마, 난 이 옷이 좋아요》
권윤덕 글·그림

바야흐로 봄이다. 정리의 계절, 봄. 무거운 겨울옷을 장롱 안으로 들이고 봄옷을 꺼내야 할 때.

"이번 주말은 옷장 정리 좀 해야겠다, 좀 도와줄래?"
"넵, 알겠습니다."

언제 들어도 좋은 말 "넵!" 장난 섞인 다은이의 시원스러운 대답이다. 이유는 알 수 없지만 다은이는 옷장 정리를 좋아하는 편이다. 시키지도 않았는데, 때때로 "옷장 좀 정리해야겠다" 하는 걸 보면. 정리하기 무섭게 수북하게 옷을 쌓아두는 나와는 좀 다르다.

이날은 둘째 다윤이도 가세했다. 이렇게 여자 셋이 모여 일단 5단 서랍장에 있는 옷을 죄다 꺼냈다. 수북한 옷 가운데, 지금 입을 것과 입지 않을 것을 가르고, 입지 않을 옷 중에 이제 더 이상 입지 않을 옷(아름다운가게에 기증하면 연말정산에도 상당한 도움이 된다)과 주위 동생들에게 물려줄 만한 옷들을 추린다. 이런 광경을 처음 보는지 다윤이의 말이 속사포처럼 빨라진다.

"와!!! 엄마, 이거 다 내 거야? 예쁘다아."

"엄마, 난 이건 안 입을래. 이제 이건 작으니까 아기들 입어야 해."

"엄마, 이건 내가 어렸을 적에 입었던 거야? 아앙, 귀여워."

다은이도 한마디 거든다.

"엄마, 이것도 나한텐 이제 작아. 동생 입혀야 할 것 같아."

"그리고 나, 바지는 너무 많은데 티셔츠는 별로 없는 것 같아."

"그러네, 웬 바지가 이렇게 많니. 정리를 제때 하지 않아서 없는 줄 알고 막 사서 그런 것 같다. 어휴."

"엄마, 이건 사놓고 진짜 몇 번 안 입은 것 같은데 벌써 작아졌어."

계절마다 옷장 정리를 할 때면 늘 같은 생각을 하곤 한다. '애들이 언제 이렇게 큰 거야.' 내 나이 먹는 건 생각도 않고. 이제는 작아진 옷을 억지로 입어보는 둘째의 우스꽝스러운 모습에 세 여자가 깔깔거리며 웃는다. 좁은 방 안이 웃음소리로 시끌벅적하다.

"이 카디건은 형님이 직접 떠주신 거였는데, 이 옷은 큰애 생일 파티 때 큰아이 친구랑 똑같이 입혔던 드레스고. 이 드레스는 오빠 결혼식 때 입었던 건데, 진짜 한 번밖에 못 입었네."

옷마다 가지고 있는 이야기들이 어쩌나 많은지, 권윤덕이 쓰고 그린 옷에 관한 열두 달 이야기 《엄마, 난 이 옷이 좋아요》에 나오는 솔이네처럼.

솔이가 좋아하는 옷 이야기 한번 들어볼래? 솔이는 1월에는 오리털 파카, 2월에는 설날 한복, 3월에는 엄마가 헌 옷을 잘라 만든 빨간 바지가 떠오른대. 또 4월이면 엄마가 토끼 대신 사주신 토끼 그림 티셔츠가, 5월에는 분홍 드레스에 날개를 단 원피스가, 6월에는 친구랑 똑같은 치마가 생각난대. 여름방학이 있는 7월, 8월에는 우산이 필요 없는 비닐 점퍼랑 물놀이할 때 입는 꽃무늬 수영복이 제일 먼저 떠오르고. 9월에는 아빠가 좋아하는 생활한복이 제일 먼저 생각나고, 야외 활동이 많은 10월에는 주머니가 많아 좋은 칠부바지가, 날씨가 추워지는 11월에는 식구끼리만 볼 수 있는 내복이 생각난대. 마지막으로 12월에 생각나는 옷은 뭔지 알아? 바로 이모가 사주신 우단 원피스. 솔이는 그 옷이 정말 좋대.

《엄마, 난 이 옷이 좋아요》 | 권윤덕 글·그림 | 길벗어린이(2010)

옷, 신발, 모자, 가방, 액세서리가 총망라된 이 책 덕분에 다윤이의 취향을 확실히 알게 됐다. 문제는 내 취향과는 좀 다르다는 거. 그래서인가? 아침마다 "엄마, 이건 내가 싫어하는 옷인 거 몰라?" 하며 옷 때문에 실랑이를 하는 이유가? 다윤이는 솔이가 1년 열두 달 입은 갖가지 옷들 가운데 "엄마, 내가 좋아하는 옷은 이거, 이거, 이거야. 엄마가 좋아하는 옷은 뭐야?" 하는 놀이를 즐겨 했다.

내가 "엄마는 이거 이거가 좋아" 하면, 그럴 줄 알았다는 듯 "나는 그거 말고 이거 이거가 좋아" 하며 웃는 딸. 이맘때 여자아이들은 공주 스타일로 치장을 하는데, 지금 둘째 아이가 딱 그럴 시기. '그래, 지금 아니면 언제 그런 스타일을 해보겠니?' 싶어 그냥 두다가도 한겨울에 시폰 소재 드레스를 입고 간다고 할 때는 어찌나 곤란하던지.

"날마다 옷을 입고 벗으면서 또 한 해가 간다"는 작가의 말마따나 그렇게 하루가, 한 달이, 1년이 가고 다시 맞는 봄. 꽃샘추위가 반짝하더니, 날이 따뜻해졌다. 옷 정리를 했더니, 이제는 진짜 세탁소로 가야 할 겨울옷들이 집 한편에 수북하다. 흑, 세탁비가 두렵다.

생각으로도 옷을 입는 아이들

책을 읽으면서 이 옷들이 다 저자의 것인가 궁금했는데 친척 아이들과 동네 아이들의 옷을 수집하고 옷에 얽힌 이야기들을 모아 그림책 작업을 했단다. 그러며 저자가 하는 말.

"아이들은 몸으로도 옷을 입고 생각으로도 옷을 입는다. 소유하는 것 말고도 옷을 대하는 다른 통로가 아이들에게 있다고 생각한다. 나는 아이들이 이 책 첫 장을 넘기면서부터 행복감에 젖어들기를 바란다. 이 책을 다 읽고 나면 아이들이 '엄마, 내 옷 이거 있잖아……' 하며 옷장에서 옷을 하나하나 끄집어낼 수 있기를 바란다. 거기에 묻어 있는 소중한 사연들을 되새김하면서."

작가의 전략은 기막히게 들어맞았다. 적어도 우리 둘째 아이에겐. 마음에 드는 옷을 발견할 때마다 눈이 반짝이며 얼마나 행복해하던지. 훗날 아이는 어떤 옷을 보며 그날의 소중한 추억을 떠올릴까? 몇 번 못 입고 작아진 옷만큼이나 아이들 크는 게 아쉽고 또 아쉽다.

"밤마다 오줌 싸는 내가 싫어지려고 그래"

《요 이불 베개에게》
타카노 후미코 글·그림

이 글은 아이와 함께 읽은 타카노 후미코의 그림책 《요 이불 베개에게》 형식을 빌려 쓴 것입니다.

요, 이불, 베개야, 너희들도 들었지? 그 새벽, 우리 둘째가 했던 말 말이야.

"아빠~."
"(잠결에) 으응?"
"아빠, 미안해. 내가 또 쉬를 해버렸어."
"(깊은 한숨을 내쉬며) 그래 알았어. 얼른 씻으러 가자."

먼저 "미안하다"고 하는데 혼도 못 내겠고, 계속 이러면 어쩌나 싶어 마음이 복잡해. 새벽마다 아이를 씻기고 침대 시트를 가는 게 어느덧 일상이 돼버렸네. 한동안 괜찮더니 다시 시작되어 더 걱정이야. 그런데 문제는 우리 부부의 '잠 못 드는 밤'이 아닌 것 같아.

요, 이불, 베개야, 너희들도 들었지? 이어진 다음 날 새벽, 우리 둘째가 했던 말 말이야.

"아빠~."
"(잠결에 또) 으응?"
"아빠 용서해줘. 내가 오줌을 쌌어."
"(다시금 깊은 한숨을 내쉬며) 그래 알았어. 얼른 씻으러 가자."

남편은 평소와 달리 지쳐 보였어. 목소리도 날카로웠지. 아이도 뭔가 다르다고 느낀 걸까? 그날 아침 둘째는 시무룩한 표정이었어. 기분이 좋지 않아 보인다고. 무슨 일 있느냐고 묻자 아이는 슬픈 얼굴로 말했어. "내가 싫어지려고 그래." 사춘기 소녀도 아니고 아이가 하는 말에 갑자기 나도 슬퍼졌어.

한편으로는 이해도 됐어. 잠들기 전 "아빠 옆에 꼭 달라붙어 있을 거야"라고 말하는 둘째니까, 무서운 꿈을 자주 꾸는지 아빠에게 "지켜달라"고 입버릇처럼 말하는 '아빠 껌딱지' 둘째니까. 그런 아이에게 아빠가 화나고 속상한 것만큼 마음 쓰이는 일은 없을 테니까.

미처 몰랐어. 우리만큼 아니 어쩌면 우리보다 더 스트레스를 받고 있다는 걸. 남편에게 이 말을 전하며 "좋은 잔소리(잠자기 전에 물 많이 먹지 마라, 자다가 오줌이 마려우면 엄마 · 아빠를 깨워라, 하다못해 아침까지 참아라 등등)도 이쯤이면 그만하라는 거겠지? 이제 아무 말도 하지 않아야겠다"고 한 건 그 때문이야. 물론 너희들이 해준 말도 들려줬어.

네 요가 말했다고.
네 배 속에서 오줌이 찰랑찰랑 몸부림치면
내가 이렇게 달래줄게.
"기다려 기다려 아침까지 기다려"라고.

《요 이불 베개에게》 | 타카노 후미코 글·그림 | 고향옥 옮김 | 한림출판사(2010)

그런데 내 말에 아이 얼굴은 더 심각해졌어. 금방이라도 울 것 같았지.

"내 이불에는 눈, 코, 입이 없는걸."

"아…… 아냐, 그렇지 않아. 산타 할아버지도 눈에 보이진 않지만 계시잖아. 네 이불도 눈에 안 보이는 것뿐이야. 그러니까 걱정 마."

아, 이 놀라운 임기응변. 이 말이 효과가 있던 걸까? 그다음 날 새벽, 둘째는 더는 "미안하다"고도 "용서해달라"고도 하지 않았어. 대신 웃음을 주었지.

"아빠~."

"(잠결에) 으응? 왜?"

"문제가 생겼어."

"무슨?"

"내가 오줌을 쌌거든. 엉덩이 좀 씻겨줘."

"핫핫. 그러게 문제는 문제네. 씻으러 가자."

힘들겠지만 당분간 이 웃음으로 버텨야 할까 봐. 오늘 새벽에는 어떤 말을 하며 우릴 깨울지 궁금해지는 밤. 그래도 요야, 이불아, 베개야, 고마워. 오줌 싸는 날보다 그러지 않는 날이, 무서운 꿈을 꾸는 날보다 그러지 않는 날이 더 많으니까. 오줌싸개 우리 막내, 앞으로도 잘 부탁할게.

아이들은 언제 혼자 잘까?

"대체 애들은 언제 혼자 알아서 자는 거야?" 애들 때문에 잠을 제대로 못 자는 게 도대체 몇 년째인지 모르겠다는 친구의 하소연이다. 해줄 말이 궁색하다. 난들 그걸 아나. 잠자리 독립은 했지만 잠들 때까지 곁에 있어달라는 큰아이. 그러다 보면 나도 같이 옆에서 잠드는 경우도 많다. 저나 나나 좁은 침대에서 부대끼며 자느라 아침이면 어찌나 몸이 찌뿌둥한지 모른다.

"내년에는 혼자 자기다, 엄마도 엄마 침대에서 좀 자자. 나이가 몇인데 왜 아직 혼자 못 자냐?"고 딸에게 투정도 부려본다. "외로우니까." 딸의 시크한 대답이 부메랑처럼 돌아올 줄 몰랐다. 본디 사람은 외로운 법이라는 것을 너에게 어찌 설명해야 할까? 잠시 진지한 생각을 하려다 그만둔다. 그걸 알아버렸을 때는 이미 엄마 품이 전부가 아니란 걸 알 텐데. 옆에서 함께 자달라고 하면 기쁜 마음으로 뛰어가야겠다. 그 시간도 얼마 남지 않은 것 같으니.

딸아이 앞에서 '울컥'한 이유

《테푸 할아버지의 요술 테이프》
박은경 글, 김효주 그림

무척이나 힘든 하루였다. 기다렸던 퇴근 시간. 주저 없이 회사를 나섰다. 칼퇴근을 해도 가야 할 길이 멀다. 나는 경기 군포에서 서울 상암동으로 출퇴근하는 장거리 출퇴근족. 매일 지하철 6호선에서 2호선으로, 다시 1호선으로 환승해 집으로 간다. 집에 1분이라도 일찍 간다고 뭔가 대단한 게 있는 것도 아닌데, (사실 해야 할 일이 더 많은데) 쫓기듯 에스컬레이터를 오르며 걷고 또 걷는다.

그렇게 1시간 30분여 만에 도착한 집. 현관문을 열면 기다렸다는 듯 나를 향해 달려드는 두 아이들. "씻었니? 밥 먹었니? 숙제했니?" 물으며 냉장고에 있는 반찬을 꺼내 5분 저녁을 먹는다. '내가 왜 이러고 사나' 자괴감이 절로 드는 그런 날, 옆에 있는 딸에게 하소연하듯 말을 걸었다.

"다은아, 오늘 엄마가 좀 힘드네. 회사 일도 힘들고……."

"그래(시크한 표정이라니)?"

"응. 그래서 엄마가 좀 기운이 없는데, 좀 재미있는 책 없어? 너 읽었던 것 중에?"

"음…… 몰라(어쩜 이렇게 쿨하실까)."

에구, 이제 아홉 살짜리 애한테 내가 뭘 기대한 거람. 시큰둥한 표정으로 제 방에 들어가 버리는 큰딸. 다섯 살 작은딸도 마찬가지다. 엄마의 속사정을 알 리 없는 막내는 습관처럼 책을 탑처럼 쌓아놓고 "많이많이많이 읽어달라" 무한반복 랩을 한다. '그래, 남편이 퇴근할 때까지만 견뎌보자'며 영혼 없는 책 읽기가 시작됐다. 얼마 지나지 않아 큰딸도 책 두 권을 가져와 내 옆에 앉는다.

"엄마, 나도 이거 읽어줘."

"응?"

"엄마 힘들다고 했잖아"라고 말하면 "그러면서 엄마는 만날 동생만 읽어주고"라고 할 게 뻔하고, "넌 책 읽을 수 있잖아?" 하면 "그래도!"라는 아주 뻔한 레퍼토리가 시작될 터였다. 뭔 책인가 싶어 제목부터 확인하는데, 어

《테푸 할아버지의 요술 테이프》 | 박은경 글 | 김효주 그림 | 고래이야기(2016)

라? 이 책은 《테푸 할아버지의 요술 테이프》가 아닌가.

"(다은이를 빤히 보며) 너 이 책 엄마 보라고 일부러 가져온 거야?"

"(전혀 아니라는 표정으로) 아니, 왜?"

"(다소 실망하면서도 기분이 좋아서) 오늘 같은 날엔 엄마한테도 '테푸 할아버지'가 있으면 좋을 거 같아서."

"그래?"

진짜였다. 테푸 할아버지는 민기네 동네 아이들의 고민을 만능 테이프로 해결해주는 고마운 분이니까, 어쩌면 나도 테푸 할아버지를 만난 동네 아이들처럼 '온몸이 따뜻해지면서 속상했던 마음이 거짓말처럼 사라지지 않을까' 하는 생각이 들었던 것이다.

방귀 냄새가 지독한 민기도, 동생이 자기 물건을 자꾸 가져가 속상한 현서도, 친구들에게 놀림을 받아 서운한 아이도, 엄마·아빠가 바빠 심심한 아이도 모두 테푸 할아버지의 요술 테이프만 붙이면 방귀 냄새가 향기로워지고 기분이 좋아지며 편안해져.

아이들은 모두 그런 테푸 할아버지를 따르고 좋아했지. 그러던 어느 날 아이들은 테푸 할아버지 이가 모두 빠졌다는 사실을 알게 되어 깜짝 놀라. 아이들은 과연 테푸 할아버지의 고민을 해결해줄 수 있을까?

동생 때문에 속상한 현서에게 테푸 할아버지가 "이리 와라 아가야, 많이 속상했겠구나" 하는 대목을 읽을 때는 울컥했다. 그 소리가 마치 "다은 엄마, 오늘 회사에서 좀 속상했지?" 하는 말처럼 들려서. 테푸 할아버지가 내 마음도 알아주고 위로해주는 것 같아서. 이 책의 추천사대로 '누군가의 지지와 공감에 의한 치유는 살아가는 데 큰 힘'이 되니까.

아이들은 더 그렇겠지. 우주 최고 엄살쟁이도 엄마가 "호~ 얼른 나아라" 하고 공감해주면 언제 아팠냐는 듯 멀쩡해지고, 벼락같이 울던 아이도 반창고 하나만 있으면 뚝 그치게 되니까.

이날 내가《테푸 할아버지의 요술 테이프》를 읽은 게 혹시 우리 딸의 마법은 아니었을까? 테푸 할아버지에게 많은 위로와 격려를 받은 동네 아이들이 테푸 할아버지의 고민을 해결해준 것처럼.

상처엔 밴드, 이유가 있어요

"엄마, 나 여기 다쳤어." 깜짝 놀라 다친 데를 살펴본다. 아무것도 없다. 상처도 뭐도 없다. 애처로운 눈빛으로 나를 바라보는 다윤. '좋은 엄마'가 되어라, 얍. 주문에 걸려들었다. "에구. 우리 딸 아프겠네. 밴드 붙여줄까?" 그제야 환한 얼굴로 "응!" 한다. 밴드가 살에 닿기가 무섭게 달려가는 아이.

이게 바로 밴드 효과다. 진짜로 아픈 상처는 보듬어주고, 가짜로 아픈 상처는 마음을 보듬어주는. 내가 오고 가다 예쁜 밴드를 모으기 시작한 건 이런 이유에서다. 한 장에 100원밖에 안 하는 밴드가 가끔은 어떤 명의보다 효과가 좋으니까.

밥 먹다 친구에게 갑자기 얼굴 맞은 딸

《우리 딸은 어디 있을까?》
이보나 흐미엘레프스카 지음

어느 날 오후. 발신인 둘째 어린이집. 선생님과 통화가 되기까지 그 몇 초. 잠시 동안 별의별 생각이 다 든다. '어디 아픈가?', '다쳤나?' 크게 신경 쓸 일이 아닌 경우가 거의 대부분이었는데도 혹시나 하는 마음에 그런 것이다. 그러나 이날은 불길한 예감이 맞았다.

"다윤이가 친구에게 얼굴을 좀 맞았어요. 저희 반이 장애통합반인 거 아시죠? 약간의 자폐 증상을 보이는 친구인데, 식사 시간에 뭐에 화가 났는지 옆에서 밥 먹던 다윤이를 갑자기 때렸어요."

"아……, 그래서 좀 다쳤나요?"

"아니……, 다친 데는 없는데, 좀 놀랐을 거예요. 밥 먹다가 갑자기 그래서…….”

“그렇군요. 다친 데 없어서 다행이네요.”

다은이가 졸업한, 그리고 지금은 동생 다윤이가 다니고 있는 어린이집은 5세부터 ‘장애통합반’으로 운영한다. 신체장애가 그리 크지 않은 아이들이 한 교실에서 같이 공부하고 밥 먹고 논다.

다은이도 장애가 있는 친구들과 함께 3년을 보내고 졸업했다. 해마다 1년을 마무리하는 재롱 잔치 때도 장애 아이들은 끝까지 자리를 함께했다. 똑같이 따라 하지 않아도, 중간에 울면서 엄마를 애타게 찾으면서도 무대에서는 내려오지 않았다. 대열에서 벗어나지도 않았다. 우여곡절 끝에 모두 함께 공연을 마친 아이들 모습을 보는 건 그 자체로 큰 감동이었다. 그 아이들 부모들은 더했겠지.

요즘 같은 세상에, 결코 쉽게 경험할 수 없는 이 시간들을 통해 아이들은 자신과 ‘다른’ 친구들을 기다려주고, 배려하고, 함께하는 마음을 키웠다고 믿는다.

물론 (내 아이 포함) 장애가 있는 친구들 때문에 본의 아니게 상처를 받거나, 힘들었던 친구들도 있었을 거다. 그렇다고 해도 뭔가 문제를 삼거나, 대놓고 불만을 제기하는 엄마는 없었다. 모두 아이를 키우는 엄마들이니까. 세상에 귀하지 않은 아이들은 없다는 걸, 엄마들은 아니까.

그런데 가끔 만나게 되는 장애통합반 친구들 엄마들은 늘 뭔가 잘못한 얼굴이었다. 불편한 얼굴, 숨고 싶은 얼굴. 나는 그 표정이 늘 마음에 걸렸다.

그러지 않아도 좋은데, 좀 맘껏 웃어도 좋을 텐데. 이보나 흐미엘레프스카가 지은《우리 딸은 어디 있을까?》속 엄마처럼, "우리 딸은 나에게 이 모든 것이에요, 우리 아들은 나에게 이 모든 것이에요" 크게 말해도 좋을 텐데.

우리 딸은 숨는 걸 좋아해요. 껍데기 속으로 숨는 달팽이처럼. 그럴 땐 찾기가 쉽지 않죠. 우리 딸은 새처럼 즐겁다가 물개처럼 슬프고, 토끼처럼 얌전하다가 악어처럼 거칠어요. 물고기처럼 조용하다가 수탉처럼 시끄럽고, 거북이처럼 느리다가 캥거루처럼 날쌔요. 돌고래처럼 친절하다가 가끔은 늑대처럼 사납기도 하죠. 여기까진 평범한 그림책이었지. "우리 딸은 나에게 이 모든 것이에요"라며 딸의 모습을 공개하기 전까지는.

그런데 다은이가 초등학교 입학 후엔 분위기가 좀 달라졌다. 학교에서 만난 엄마들이 어린이집 엄마들과 조금 다른 점이 있다면, (좀 과장한 것일 수는 있지만) 철저하게 '내 아이' 편이 된다(나라고 다를까, 늘 그렇다고 솔직히 장담은 못하겠다)는 것이다.

"우리 아이만 계속 그 아이(장애가 있는 친구) 짝을 시켜요. 아마 우리 딸이 순하고, 또래 아이들에 비해 잘 챙기니까 그런 것 같은데……. 벌써 두 달째인데, 다음에 또 짝이 되면 선생님께 말씀을 드려볼까 해요. 우리 애가 너무 힘들어하니까."

1학년 엄마들 반모임에서 나온 이야기. 잠시 정적이 흘렀다. 순간 엄마들

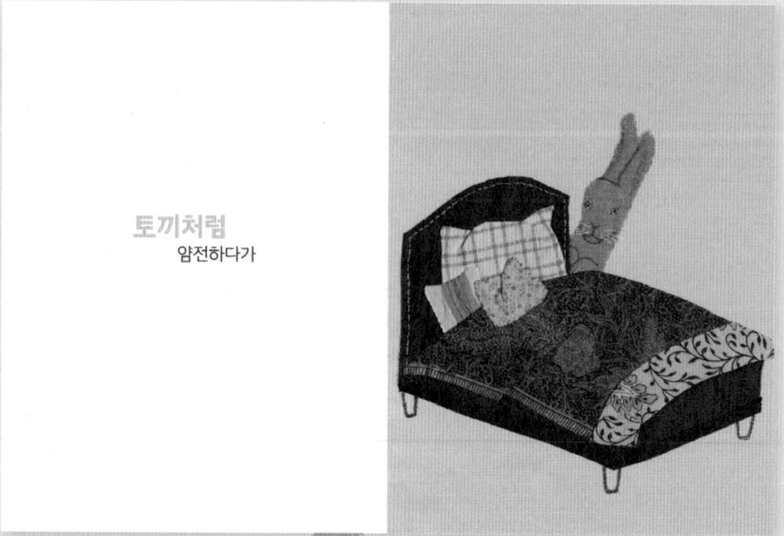

《우리 딸은 어디 있을까?》| 이보나 흐미엘레프스카 지음 | 이지원 옮김 | 논장(2011)

머리 위로 동시에 말풍선이 하나씩 그려지는 것 같았다. '짝을 바꾸면 우리 애도 힘들어질 텐데.' 그 엄마 말대로 자리를 자주 바꾼다고 힘들지 않을까. 문제는 짝꿍이 아닐 텐데. 그보다 서로의 차이에 대해 알게 하는 건 어떨까. 친구가 가진 장애를 이해하면 아이들도 덜 힘들지 않을까.

다윤이가 친구에게 얼굴을 맞았다는 그날, 퇴근 후 집에 돌아와 물었다.

"오늘 어린이집에서 친구랑 안 좋았다면서?"

"응…… 엄마, 친구를 때리면 나쁜 아이지?"

"음……, 때리는 행동은 분명 안 좋은 건데, 때린 사람이 늘 나쁜 건 아니야."

"그래?"

"친구가 왜 때렸는지 알아?"

"응. 그 친구들은 하나, 하나, 하나 생각 주머니가 작아서 그래."

세상에 생각 주머니라니. '장애가 있는 친구를 어떻게 설명하면 좋을까' 계속 고민이었는데 이렇게 예쁘고 좋은 말이 있었구나. 오늘도 아이에게 하나 배웠다.

이 책의 작가는요

이 책의 저자 이보나 흐미엘레프스카는 폴란드 전역에 있는, 여러 가지 천을 이용해서 바느질한 것을 책으로 엮었다. '이 천을 사용했던 사람들의 경험과 에너지가 들어 있을 거라' 여기면서. 그래서인지 조금은 허술하고, 만들다 만 것 같은 그림들도 보인다. 오히려 작가는 말한다. "어떤 일이든 그 뒷면에는 삐뚤빼뚤한 실 자국이나 튀어나온 매듭 같은 그런 부분이 있다는 걸 드러내고 싶었다"고. "우리 모두의 본성은 완벽하지 않고 어떤 일이나 마무리는 힘든 법"이라면서. 이 책은 한 땀 한 땀 꿰맨 바늘땀만큼이나 읽을수록 작가의 고운 마음이 느껴지는 그림책이다.

아이 눈에 비친 건 기다려도 오지 않는 엄마

《엄마 마중》
이태준 글, 김동성 그림

둘째는 애교가 많다더니, 이런 걸 두고 그런가 보다. 밥을 먹다가, 책을 보다가, 텔레비전을 보다가 밑도 끝도 없이 "아빠 좋아" 하고 와락 달려드는 아이. 큰아이도 딸이지만 '이런' 애교는 보지 못했다. 세상 부러울 것 없는 아이 표정에, 남편도 세상을 다 가진 듯한 표정이 된다. 딸 키우는 재미가 이런 건가, 싶다. 그날도 침대에서 뒹굴며 "아빠 좋아"를 외치던 둘째에게 아빠가 물었다.

"아빠 말고 누가 좋아?"
"엄마."

"엄마도 없으면 누가 좋아?"

"언니."

"언니도 없으면?"

"그럼 슬픈데……."

뜻하지 않은 대답에 한 번 놀라고, 이래서 가족인가 싶어 마음 한편이 찡했다. 그래, 다섯 살 아이에게 엄마도 아빠도 언니도 없는 건 당연히 슬픈 일이겠지. 그런데 하물며 기다려도 오지 않는 엄마를 기다리는 아이 마음은 어떨까. 이태준이 짓고 김동성이 그린《엄마 마중》은 엄마를 기다리는 한 아이의 이야기다.

시내에 전차가 다니던 시절의 어느 추운 겨울. 코가 새빨개지도록 걸어온 한 아이가 전차 정류장으로 나와 사람들 무리에 섰어. 이내 전차가 들어오자 아이는 차장에게 물었지.

"우리 엄마 안 오(안 와요)?"

차장은 "너희 엄마를 내가 아니?" 쌀쌀맞게 대꾸하며 지나갔어. 다음 전차 차장도 마찬가지 반응이었지. 시간이 제법 흘렀건만 엄마는 오지 않았어. 날은 이미 어둑어둑해지고 바람이 불었지만, 아이는 꼼짝 않고 기다렸어. 전차가 다시 와도 "우리 엄마 안

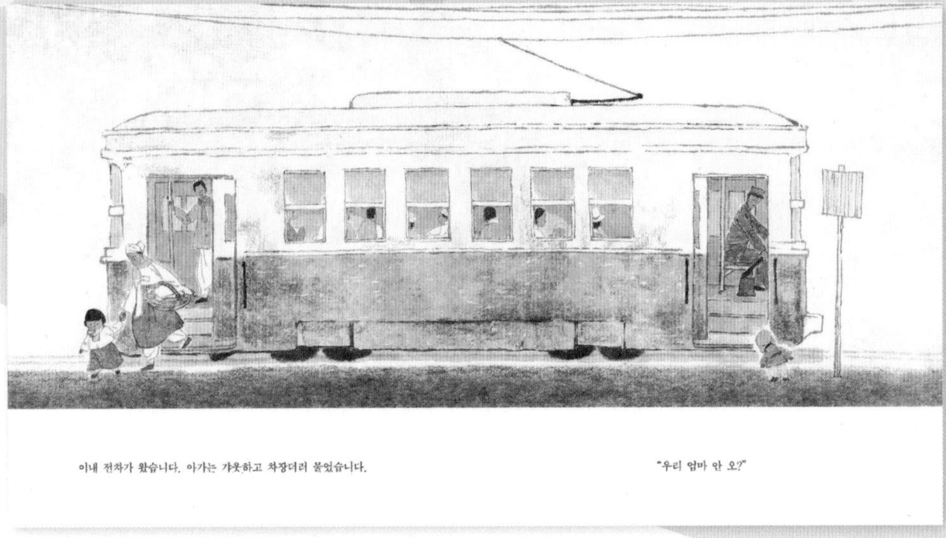

《엄마 마중》 | 이태준 글 | 김동성 그림 | 보림(2013)

오?" 묻지 않았어. 코가 빨개진 채로 그저 엄마만 기다렸지. 설상가상으로 기다리던 엄마는 오지 않고, 하얀 눈만 소복소복 내렸어. 아이 시야가 점점 흐려졌어. 눈 때문일까? 울어서일까?

마지막까지 '엄마를 만날 수 있을까?' 조마조마한 마음으로 읽었다. 마지막 장면을 두고는 다은이와 의견 차이도 생겼다. "엄마를 만났나 봐"라는 내 말에 아이는 "눈이 오는데 햇빛이 있는 게 이상하다"며 "엄마를 만난 건 아이의 상상일 것"이라고, 제법 그럴듯한 추측을 했다. 그러다 갑자기 탐정 셜록의 기운이라도 받은 건지 여러 가정을 쏟아냈다.

"엄마, 그런데 혹시 어느 아줌마가 아이 혼자 계속 엄마를 기다리는 게 걱정되어서 데려가는 건 아닐까?"

"아니면, 《성냥팔이 소녀》처럼 엄마를 기다리다 너무 추운 나머지 아이가 죽어가면서 엄마를 만나는 상상을 한 건 아닐까?"

큰아이의 생각대로 엄마를 만난 게 상상이든 사실이든 책장을 덮고도 여운이 남는 이유는 따로 있었다.

나도 십수 년 전 엄마의 월급날, 버스 정류장에서 우두커니 앉아 엄마를 하염없이 기다렸던 적이 있어서다. 아이의 애잔함과는 좀 거리가 먼 이야기지만, 통닭 한 마리 얻어먹겠다고 내가 스쳐 보낸 그 수많은 버스를 어찌 다 헤아릴 수 있을까.

이 그림책의 비하인드 스토리

이 그림책은 배경 설명을 알고 보면 더 좋을 것 같다. 이 책은 1938년 《조선아동문학집》에 실린 소설가 이태준의 글에 김동성 작가가 그림을 더해 만든 것이다. 특히 맨 마지막 장면. 엄마 손을 잡고 구불구불 산동네 길을 걸어가는 아이의 마지막 모습은 원작에 없던 내용을 김동성 작가가 그려 넣은 것이라고. 아이가 엄마를 만났으면 하는 마음을 담은 작가의 의도가 아니었을까. 내 마음도 꼭 그러했으니까.

"설거지해보고 싶다"는 딸, 보면서도 놀랐다

《대추 한 알》
장석주 시, 유리 그림

아홉 살 딸이 설거지를 해보고 싶단다. 재미있을 것 같다면서. 설거지하는 내 모습이 그렇게 즐거워 보였나? 그럴 리가. 삼시세끼 밥 차리고 치워야 하는 주말이면 설거지하기 싫은 티 팍팍 내며 할 때도 많았는데……. 아이들이 설거지를 하고 싶어 해도 불안해서 못 맡기겠다는 엄마들도 있다지만, 내 입장에서는 반가운 소리이니 마다할 이유가 없다.

"그래? 나야 좋지."

딸의 말이 떨어지기가 무섭게 앞치마를 목에 걸어주었다. 곧 맨손으로 차

분하게 '초벌' 설거지를 시작하는 딸. 밥그릇에 묻은 밥알들을 걷어내고, 접시에 묻은 남은 반찬들도 깨끗하게 처리하는 딸의 야문 손. 수세미에 음식물이 밸 때마다 아차차 했던 순간이 많았던 나로서는 꽤 놀라운 모습이었다. '저건 어디에서 보고 저렇게 하는 거지?'

"왜 그렇게 해?"
"응, 이게 깨끗할 것 같아서."
"두 번 해야 하는데 귀찮지 않아?"
"아니."

이어 보란 듯이 수세미에 세제를 묻혀 본설거지에 들어간 딸. 알려준 적도 없고 처음 하는데도 크게 실수가 없다. 뒷정리는 또 어떻고. 접시는 접시끼

《대추 한 알》 | 장석주 시 | 유리 그림 | 이야기꽃(2015)

리, 밥그릇은 밥그릇끼리, 컵은 컵끼리 차곡차곡 쌓아두는 모습이라니. 설거지 후 그릇들을 건조대에 산처럼 엎어놓는 나와는 좀 다른 모습. 풋, 생각해보니 이건 제 아빠를 닮았네 싶어 웃음도 났다.

한번은 바느질하는 걸 알려달라고 해서 가르쳐주었더니, 이젠 박음질 솜씨도 제법이다. 나는 중학교에 가서야 겨우 했던 그런 것들을 이제 아홉 살 된 딸이 하겠다니…….

'언제 이렇게 컸나' 싶어 한동안 딸의 뒷모습을 물끄러미 바라보았다. 또래보다 걸음도 늦고 말도 늦어 애를 끓였던 게 엊그제 같은데 말이다. 그러다 생각난 시 한 소절. '저게 저절로 붉어질 리는 없다', '저게 저 혼자 둥글어질 리는 없다.' 그 시를 온전히 담은 그림책이 나왔다.

《대추 한 알》은 장석주 시인이 2005년 낸 시집 《붉디붉은 호랑이》에 수록된 시 〈대추 한 알〉에 작가 유리가 그림을 보태 낸 그림책이다. 몇 년 전,

광화문 한복판에서 가던 길을 멈추고 서서 큰 걸개그림에 쓰인 이 시를 본 기억이 있다(찾아보니 2009년 광화문 교보빌딩에 '광화문 글판'으로 걸린 적 있는 시란다).

고작 대추 한 알, 그 안에서 태풍 몇 개, 천둥 몇 개, 벼락 몇 개, 무서리 내리는 몇 밤, 땡볕 두어 달, 초승달 몇 낱을 찾아내는 시인이라니. 괜히 시인이 아니구나 싶어 고개를 주억거렸던 시. 유리의 사실적인 그림 또한 시의 감동을 더하기에 충분한 수준급이다.

설거지를 끝낸 딸에게 폭풍칭찬을 해주었더니 '뭘 이 정도 가지고'라는 반응. 그러나 9년 만에 찾아온 이 황금 같은 기회를 놓칠 리 없는 나. 여세를 몰아 "딸~ 앞으로 주말 설거지 좀 부탁해" 하고 쐐기를 박는다. 싫지 않은 딸의 표정. 그러더니 며칠 후.

"엄마, 나 또 설거지할래."

"응? 어쩐 일로?"

"일기 써야 하는데…… 쓸 게 없어서, 설거지나 하고 시로 쓰려고. 시 쓰기는 쉬울 것 같아서."

아래는 그렇게 해서 탄생한 딸의 시 〈설거지〉 되시겠다.

설거지를 하자 물이 줄줄줄 쏴쏴
거품을 접시에 칠하자 쓱쓱 보글보글 보글보글 쓱쓱

거품을 헹구자 접시를 쓱쓱쓱 뽀득뽀득
자 이제 접시와 컵을 건조대에 차곡차곡
이제 끝.

딸의 말마따나 행과 연의 형태는 갖췄으니, 시는 맞는 것 같은데 뭔가 이상한 느낌적 느낌이다. 그래, 시인도 저절로 붉어질 리는 없겠지. 아무렴.

이 그림책의 비하인드 스토리

원래 《대추 한 알》 표지 디자인은 두 개였다고 한다. 눈 내리는 추운 겨울 대추나무에 걸린 빨간 대추 한 알. 오 헨리의 《마지막 잎새》가 생각나는 표지와 아버지와 아들이 대추나무 그늘에 앉아 쉬고 있는 지금의 표지가 그것이다. 겨울을 배경으로 한 표지가 직접적이고 강렬하지만, 어린이보다는 성인에게 초점이 맞춰진 것으로 보일 수 있어 지금의 표지로 결정했다는 내용의 기사를 봤다. 그러나 표지에서 담지 못한 직접적이고 강렬한 느낌은 책장을 펼칠수록 드러난다. 그만큼 이 그림책의 완성도를 높인 건 99퍼센트가 그림을 그린 작가 유리의 힘이다. 그림책 작업에 들어가기 전엔 대추꽃이 어떻게 생겼는지조차 몰랐다던 작가는 이토록 사실적인 그림책을 완성하기 위해 3년의 시간을 보냈단다. 작가 유리는 《대추 한 알》로 2015년 제56회 한국출판문화상에서 어린이·청소년 부문을 수상했다.

장래희망 '없음', 수상한 가정환경 조사

《세상에서 가장 소중한 너에게》
에이미 크루즈 로젠탈 글,
탐 리히텐헬드 그림

다은이가 학교에 입학한 지 얼마 되지 않았을 때 '가정환경 조사'라는 걸 적어 냈다. 그리고 2학년이 되고 난 후 얼마 전에도 같은 걸 적어 냈다. 그때마다 당황스러운 게 있었으니, 그건 바로 '부모님이 바라는 장래희망'을 적는 일이었다. 큰아이가 일곱 살 때 일이 생각났다.

"흠, 넌 장래희망이 뭐야?"
"…… 몰라."
"몰라? 나중에 뭔가 하고 싶은 일이라든가, 그런 거 없어?"
"없어."

나는 쿨한 엄마이고자 했으니까 애써 티는 내지 않았지만, 살짝 실망했다. 그 무렵이었다. 큰아이와 동갑내기 딸을 둔 선배가 SNS에 딸의 장래희망이 '식물 박사'라고 올린 건. 말 못할 충격은 더 컸다. 부러운 마음에 "우리 딸은 꿈이 없다는데, 선배가 그저 부럽네요" 하고 댓글도 달았다.

그런데 갑자기 내가 더 부끄럽다는 생각이 들었다. 댓글도 지우고 싶었다. 이제 일곱 살짜리가 당장 꿈이 없는 게 뭐가 어때서? 게다가 우리 큰아이는 손이 야물어서 뭐든 잘하는데 뭐가 걱정이람. '걱정' 엄마에서 '쿨한' 엄마 모드로 돌아오기까지 10여 분. 못난 엄마 되는 거 순간이다 싶었다.

그 후 잊고 있다가 1학년이 되어 이 가정환경 조사 때문에 다시 딸과 장래희망에 대한 이야기를 나눴다.

"여기 장래희망에 뭐라고 적을 거야?"
"음……, 그냥 없다고 적으면 안 돼?"
"없다고?"
"응. 그런데 엄마는 뭐라고 적을 거야? 여기에?"

아이가 가리킨 곳은 바로 '부모님이 바라는 장래희망'. 사실 아이가 커서 뭐가 됐으면 하고 특별히 바란 게 없었다(지금도 그렇다). 꿈이란 건, 부모가 아니라 본인이 정하는 거니까. 자유로운 직업을 가졌으면 좋겠다는 막연한 생각뿐이었는데, 한참을 고민하다 '없음'이라고 적었다.

"나도 '없음'. 네가 하고 싶어 하는 거 그게 엄마가 바라는 거지."

내 말에 딸이 웃었다. 그렇게 내가 바라고 아이가 원하는 장래희망은 '없음'으로 가정환경 조사는 끝났다. 선생님이 보기엔 참 수상한 답변이었을 거다. 그런 아이가 2학년이 되자 달라졌다. 장래희망을 적어야 하는 빈칸에 나는 여전히 '없음'인데, 아이는 '사육사'라고 또박또박 적었다.

'때가 되면 하고 싶은 일이 생기는구나' 생각했다. 그리고 만약 누군가 내게 장래희망 대신 '귀하의 아이가 어떤 아이로 자라길 바라십니까' 묻는다면 《세상에서 가장 소중한 너에게》에 나오는 내용을 말해주리라. 글 속 '네가'를 '다은+다윤'으로 바꿔서 말하면 그게 바로 내가 원하는 바다.

나는 네가
축 처져 있기보다 힘차게 뛰어놀면 좋겠고
마냥 받기보다 친구와 함께 나누며
혼자 애쓰기보다 친구들과 협력하고
친구를 멈춰 세우기보다는 함께 신나게 모험에 나서면 좋겠어.

나는 네가
혀끝보다는 온몸으로 함박눈을 느끼면 좋겠어.
앞으로만 나아가기보다 잠깐이라도 여유를 즐기고
비가 세차게 쏟아져도 꿋꿋하게 이겨내며

비눗물을 바로 씻어내기보다 거품을 즐기면 좋겠어.

그리고
반짝이는 별을 바라보다가도 네 안의 빛나는 이야기를 읽을 줄 알면 좋겠어.

나는 우리 다은이, 다윤이가 이런 아이로 자라길 바란다. 그리고 다은이, 다윤이 곁에 이런 친구가 하나쯤 있으면 좋겠다고 바란다. 진심으로.

무슨 꿈이든 괜찮아

내 아이가 잘하는 건 뭘까? 모든 엄마들의 관심사다. 콩 심은 대로 콩이 나면 좋으련만 뭘 심었는지 알 수 없으니 뭘 거둘지도 알 수 없는 부모들은 그저 불안하다. 그런데 여기 《무슨 꿈이든 괜찮아》(프르체미스타프 베히터로비츠 글, 마르타 이그네르스카 그림, 김서정 옮김, 마루벌)라고 말하는 그림책이 있다. 《세상에서 가장 소중한 너에게》와 잘 어울리는 그림책이다.

엄마황새는 아이들에게서 벗어나 그저 쉬고 싶은 게 꿈이고, 부엉이는 꽃부엉이와 데이트하는 게 소원이다. 애걔? 고작? 거창한 꿈만 꿈이라고 누가 그러던가. 모든 꿈은 그 자체로 꿈이 될 수 있다. 우리 아이들도 그렇다.

눈물샘 자극하는 막 그린 못난 그림

《까마귀 소년》
야시마 타로 글·그림

다은이가 다니는 초등학교에는 복도마다 작은 북카페가 여러 곳 있다. 그곳에서 아이를 기다리다 만난 그림책《까마귀 소년》. 큰아이 말마따나 '막 그린 못난 그림'이다. 그림 선이 날카롭고 색은 어두운, '누가 이런 그림책을 볼까?' 싶은 표지다. 한눈에 봐도 어딘가 외롭고 상처 입은 아이가 주인공이다. 게다가 까마귀라니. 무슨 사연일까? 괜히 궁금한 마음에 책을 폈다.

학교 마룻바닥에 숨어 지내는 아이. 선생님을 무서워해서 아무것도 배우지 않고, 아무와도 어울리지 않는 아이. 친구들은 그 아이를 땅꼬마라고 불렀어. 혼자 놀기 지친 땅꼬마는 시간을 보낼 방법들을 찾기 시작했지.

운동장에서도 눈을 감고 귀를 기울이면 온갖 소리가 다 들렸어. 친구들은 그런 땅꼬마를 바보라고 놀렸지. 그러거나 말거나 땅꼬마는 늘 걸어서 학교에 왔어. 그렇게 다섯 해가 흘러 땅꼬마는 6학년이 되었어.

그때 이소베 선생님이 새로 오셨지. 얼굴에 웃음기가 가시지 않는 다정한 분이셨어. 선생님은 머루와 돼지감자가 어디에서 자라는지 알고, 꽃이란 꽃은 모두 꿰고 있는 땅꼬마를 무척 좋아하셨어. 땅꼬마가 그린 그림도, 삐뚤빼뚤한 글씨도 선생님은 좋아하고 자주 칭찬하셨지. 이야기도 자주 나누고.

그해 학예회 시간. 무대 위에 땅꼬마가 나타나자 아이들은 모두 놀랐어. 이소베 선생님은 땅꼬마가 까마귀 울음소리를 흉내 낼 거라고 알려주셨지. 교실은 웅성거렸어. 땅꼬마는 알에서 갓 나온 새끼 까마귀 소리부터 엄마·아빠 까마귀 소리, 까마귀가 즐겁고 행복할 때 내는 소리도 흉내 냈어.

땅꼬마는 어떻게 이런 소리를 흉내 낼 수 있었을까? 그 이유를 이소베 선생님이 설명해주셨어. 동틀 무렵 학교에 와서 해 질 무렵 집으로 타박타박. 그렇게 6년을 하루도 빠짐없이 날마다 타박타박 걸어 학교에 왔노라고.

아이들은 모두 울었어. 길고 긴 6년 동안 땅꼬마를 못살게 굴었던 일들이 생각나서. 그해 그 반에서 6년 개근상을 받은 아이는 땅꼬마 혼자뿐이었어. 졸업 후 그 애를 땅꼬마라고 부르는 사람은 아무도 없었어. 대신 까마둥이라고 불렀지. 까마둥이가 집으로 타박타박 걸어갈 때면 즐겁게 우는 까마귀 소리가 들렸다고 해.

《까마귀 소년》 | 야시마 타로 글·그림 | 윤구병 옮김 | ㈜비룡소(2000)

까마둥이가 이소베 선생님을 만나지 않았다면 어땠을까. 아마도 학예회에 나가 모두를 깜짝 놀라게 할 일은 없었을 거다. 까마귀 소리를 기가 막히게 흉내 낸다는 걸 몰랐을 테니까. 관심이 없었다면 알 수 없는 일. 나도 그런 경험이 있어서 그랬는지, 자칫 놓칠 뻔한 이 책이 더없이 소중하게 느껴졌다. 그래서다. 아이에게 엄마의 학창 시절, 잊지 못할 선생님 이야기를 꺼낸 것은.

"엄마도 초등학교 때 이소베 같은 선생님이 있었어."

"정말? 언제?"

"응, 6학년 때. 엄마도 몰랐던 재능을 먼저 알아봐주셨거든. 그 선생님도 엄마가 쓴 글을 좋아하셨어, 칭찬도 많이 해주셨고. 그때 상도 여러 번 탔어. 그때부터였던 것 같아. 뭔가 쓰는 것을 좋아했던 게. 너는 어때? 입학해서 지금까지 어떤 선생님이 제일 좋았어?"

"음…… 그냥 다 좋았는데?"

"(마음이 털썩) 그랬구나. 칭찬도 많이 하시고?"

"응. 근데 잘 기억은 안 나."

"지금 선생님은? 너 이름은 아셔?"

"아니, 모르실걸? 아직 아이들 성이랑 이름 연결이 잘 안 되신대."

"(마음이 또 털썩) 그렇지, 아직 새 학기 시작한 지 얼마 안 되었으니까."

아이들은 관심을 먹고 산다. 새 학기가 시작될 때마다 몇 반인지, 담임이 누구인지 묻는 엄마들의 마음에는 그런 간절함이 있을 거다. 내 아이가 사랑받기를 바라는 마음이겠지. 물론 나도 그렇다.

선생님과 관련한 그림책

이소베 선생님처럼 좋은 선생님도 있지만 그렇지 않은 선생님도 그림책에서 종종 만날 수 있다. 《지각대장 존》(존 버닝햄 글·그림, 박상희 옮김, (주)비룡소)에 나오는 선생님이 그랬다. 존이 왜 지각했는지 이유를 설명하는데도 선생님은 믿지 않는다(물론 등굣길에 악어·사자를 만났다는 둥 믿기 힘든 이유를 대긴 하지만). 대신 어마무시한 벌('악어가 나온다는 거짓말을 하지 않겠습니다' 300번 쓰기)을 내린다. 그런데 어쩐지 세상 어딘가에 아이 말을 믿어주지 않는 선생님이 정말로 있을 것 같아 어른으로서 부끄러운 마음이 들었다. 그래서다. 그림책의 마지막, 선생님이 털북숭이 고릴라에게 잡혀 도와달라고 하는데도 "이 동네 천장에 커다란 털북숭이 고릴라 따위는 살지 않는다"고 한 존의 모습이 조금 통쾌했던 것은. 아이는 믿는 만큼 자란다는 진리를 새삼 돌아보게 만든 그림책이다.

4장

네가 자라는 만큼 엄마도 자란다

그때그때 치우는 엄마 코스프레, 힘들었어요

《깔끔쟁이 빅터 아저씨》
박민희 글·그림

두 아이를 키우면서 지켜본 바, 엄마들은 크게 두 부류로 나뉘는 듯하다. '그때그때' 치우는 엄마와 '한 번에' 치우는 엄마. '한 번에' 치우는 엄마 쪽에 속하는 나는 '그때그때' 치우는 엄마들이 참 대단해 보였다.

"이거 봐. 네가 혼자 먹으니까 다 흘리잖아. 아직은 안 돼. 엄마가 먹여줄게."

"싫어, 내가 혼자 먹을 거야."

"아이고, 이제 너도 컸다고……. 그래, 한번 혼자 먹어봐라."

언제 이렇게 컸나 싶어 기특한 마음도 잠시다. 얼마 지나지 않아 입으로 들어가는 것보다 흘리고, 쏟고, 옷에 묻히는 게 더 많은 상황을 접하게 되면 심란했다. 빨리 시간이 가기만을 바랐다.

반면 내 주위에 있는 '그때그때' 치우는 엄마는 달랐다. 맨손으로 음식을 집어 먹는 아이의 더러워진 손과 입 주변을 깨끗이 닦아내기 바빴다. 애들 밥 한 끼 먹이면서 물티슈나 티슈 반 통 쓰는 것쯤은 일도 아니었다. 온 정신이 쏙 빠지도록 아이들 식사를 돕고 나면 그제야 엄마들은 퉁퉁 불어터진 스파게티 면발을 꾸역꾸역 먹었다.

내 또래의 젊은 엄마들이 유난히 깔끔을 떠는 건 아니었다. 시어머니도 그랬다. 함께 밥을 먹을 때 아이가 조금이라도 흘리고 먹는 걸 그냥 보지 못했다. "그냥 두세요 어머니, 어차피 또 흘려요"라고 말해봐야 소용없었다.

주변이 이러니 '한 번에' 치우는 내가 좀 이상한 건가 싶어 '그때그때' 치우는 엄마 코스프레도 해봤다. 물론 오래가지 못했다. 그걸 하는 나도, 아이들도 힘들었다. 그런 시절을 보내고 난 후 우연히 SBS 〈오! 마이 베이비〉에서 라둥이 엄마 슈를 보게 됐을 때 반갑고 좋았다.

먹는 데 욕심이 많은 라둥이들이 온 난리를 치며 먹어도 '그때그때' 치우지 않고 기다려주는 슈에게 내 모습이 비쳤기 때문이다(물론 텔레비전을 보는 내 속은 까맣게 타들어가고 있었지만). 적어도 나와 슈의 아이들은 《깔끔쟁이 빅터 아저씨》처럼 크지는 않겠지 싶어 슬쩍 웃음도 났다.

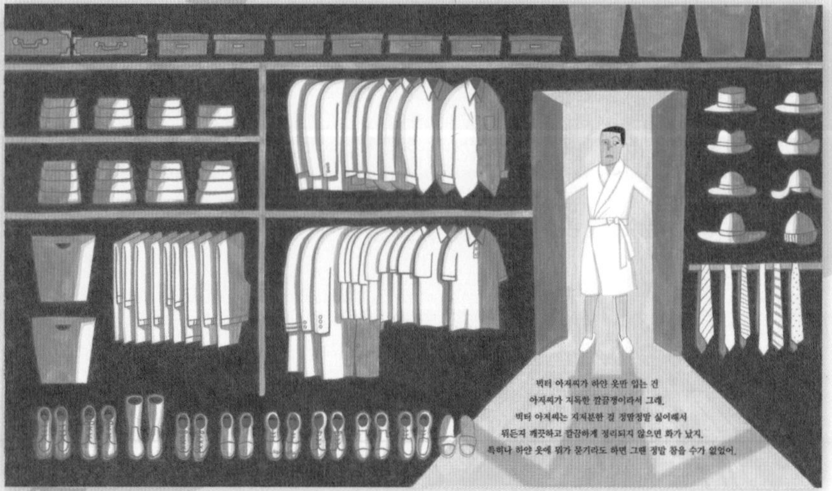

빅터 아저씨는 매일 하얀 옷만 입고, 양말도 다림질해 신을 만큼 깔끔한 걸 좋아해. 그런데 늘 친구도 하나 없이 혼자야. 왜냐고? 더러운 걸 참지 못하는 성격 때문이지. 지독한 깔끔쟁이라서 먼지 하나에도 화내고 인상을 찡그리는데, 누가 좋아하겠어. 그런 빅터 아저씨가 하루는 세탁소에 가려고 길을 나섰다가 아주 '끔찍한' 일을 당하지 뭐야.

그날은 많은 사람들이 서로 토마토를 던지면서 노는 축제일이었거든. 아저씨는 토마토 범벅인 사람들을 보고 너무 놀라 정신을 차릴 수가 없었어. '이렇게 더러운 걸 어떻게 참는 거지?' 아저씨는 모두 제정신이 아니라고 생각했어. 사람들을 피해 숨었지만, 사람들은 용케 아저씨를 찾아냈지. 아저씨는 너무 화가 났어.

그래서 토마토 하나를 아무에게나 던져버렸지. 계속 던지고 던지고 또 던졌어. 그러다 하하 호호 웃음이 절로 났어. 어릴 적 전쟁놀이를 하듯, 빅터 아저씨는 모르는 사람

《깔끔쟁이 빅터 아저씨》 | 박민희 글·그림 | 책속물고기(2015)

들과 편을 갈라 놀았어. 어느덧 축제가 끝나고 집으로 돌아온 빅터 아저씨는 웃음이 났어. 재미있었거든. 그다음 빅터 아저씨는 머드 축제에 갔어. 그리고 생각했지. '내일은 또 뭐 하고 놀지?'

이 책을 보면서 그때그때 치우는 친한 동생이 떠올랐다. 아이들이 과자를 먹을 때마다 "흘리지 말고 먹어, 그렇게 먹으면 흘리잖아"라는 말을 입에 달고 사는. 그에게 "너무 그러지 마, 흘리면 좀 어때? 나중에 청소기 돌리면 돼" 하고 말했더니, 웃으며 이런 고백을 한다.

"언니, 우리 엄마는 나 과자 먹을 때 쓰레기통 받치고 먹으라고 했어, 웃기지? 그런 게 익숙하기도 하고, 애들한테 너무 이러면 안 되는 거 아는데, 그게 잘 안 되더라고."

이런 말을 듣고 나니 그동안 봐왔던 행동이 이해가 되었다. 그 친구 역시 그때그때 치우지 않고 한 번에 치우는 나를 보며 답답한 적도 있었을 거다. 사실 뭐가 좋은 건지 딱 꼬집어 말하기는 어렵다. 이건 집집마다 갖는 어떤 습관 같은 거니까. 중요한 건 어쨌거나 치우기만 하면 되는 거 아닐까? 사실 아이들이 치워주면 더 좋지만.

정리하는 습관은 언제부터?

어린이집 보내본 엄마들은 안다. 아이들은 때론 엄마보다 어린이집 선생님 말을 더 잘 듣는다는 걸. 신기하게도 선생님이 하지 말라는 건 잘 안 한다. 어린이집 가기 전부터 정리하는 습관을 들인다고 아이와 씨름하는 엄마들이 있는데, 그럴 필요 없다는 말이다.
정리 습관은 어린이집에서 또래 친구들과 단체로 배우기 시작할 무렵, 가정에서 병행하는 것이 제일 효과적이다. 처음에는 그저 장난감통에 '담는' 훈련 정도만 해도 좋다. 놀이하듯 하다 보면 어느새 정리 끝!

내 고함 소리에 아이 얼굴이 빨개졌다

《고함쟁이 엄마》
유타 바우어 글·그림

큰딸 다은이는 잠투정이라는 게 없었다. 때가 되어 잠자리에 들면 꿈나라로 직행인데, 동생 다윤이는 달랐다. 불을 끄고 온 가족이 잠자리에 들어도 어둠 속에서 한참을 뒹굴다 잠들곤 했다. 잠들길 기다리다 내가 먼저 잠든 날이 더 많은지도 모르겠다.

다은이가 학교에 가면서 두 아이가 함께 잘 수 있는 방을 마련해 잠자리 독립을 시켰다. 다윤이 네 살 무렵이다. 큰아이에 비해 이르다는 생각은 들었지만, 언니가 옆에 있으니까 괜찮겠지 하는 마음으로 밀어붙였다. 나 혼자 모처럼 널찍한 침대를 차지하고 자는 잠은 꿀맛 같았다. 얼마 동안은.

평소처럼 남편이 두 아이를 재우러 아이들 방에 들어간 어느 날. 조용해

《고함쟁이 엄마》 | 유타 바우어 글·그림 | 이현정 옮김 | ㈜비룡소(2005)

야 할 방에서는 뭐가 그렇게 재미있는지 까르르까르르 웃음소리가 넘쳐흘렀다. '지금도 늦었는데 언제 자려고 저러나' 슬슬 걱정이 되기 시작했다. 둘째 녀석은 "쉬가 마렵다", "물이 먹고 싶다" 등등의 이유로 계속 들락날락했다. 어느덧 시계가 밤 12시를 가리켰다. 속이 부글부글 끓었다. 그때였다. 안방과 화장실, 제 방을 왔다 갔다 하던 둘째와 눈이 딱 마주친 건. 그 순간, 고함이 터져 나왔다.

"지금 몇 시니? 어서 가서 안 자? 왜 자꾸 왔다 갔다 하는 거야."

방금까지만 해도 즐거웠던 아이 얼굴이 금세 붉어졌다. 그리고 서럽게 울기 시작했다. 울면서도 할 말은 다 하는 둘째 아이.

"엄마한테 잘 자라고 뽀뽀해주러 온 건데요."

이럴 때는 뭐라고 해야 하는 거지? 유타 바우어가 쓰고 그린 《고함쟁이 엄마》에 등장하는 펭귄 엄마도 이런 기분이었을까. 아기펭귄이 '오늘 아침,

엄마가 나에게 소리를 질렀어요'라고 시작하는 이 책은 자극적(?)이면서도 유머러스하고 다 읽고 나서는 뭉클하다.

엄마의 고함으로 놀란 아기펭귄의 온몸이 이리저리 흩어져 날아갔어. 머리는 우주로, 몸은 바다에, 날개는 밀림, 부리는 산꼭대기에 그리고 꼬리는 거리 한가운데로. 제자리에 남은 거라곤 두 다리뿐이었지.

흩어진 몸뚱이를 찾아 나선 아기펭귄은 지치도록 걷다가 엄마를 만났어. 그런데 세상에! 엄마가 흩어진 아기펭귄의 몸을 찾아 하나하나씩 꿰매고 있지 뭐야. 마지막 남은 다리까지 다 꿰맨 엄마가 아기펭귄을 보며 말했어. "아가야, 미안해."

내가 할 수 있는 것도 사과밖에 없었다. 우는 아이 앞에 바짝 다가가 말했다. "미안해. 엄마한테 잘 자라고 인사하러 온 줄 몰랐어. 네가 늦게 자면 내일 아침에 못 일어나서 힘드니까 그랬어. 속상했지? 엄마가 큰소리 내서 미안해."

둘째는 나와 눈도 마주치려 하지 않았다. 울어서 벌게진 눈으로 아빠를 부르며 제 방으로 가버렸다. 피곤한 마음이 싹 가셨다. 좀처럼 잠도 오지 않았다. 머릿속은 죄책감으로 풍선처럼 부풀어 올랐다.

'직장을 다닌다는 이유로(애들이 다니라고 등 떠민 것도 아닌데) 아이들에게 자주 피곤한 모습을 보여주는 것은 아닐까, 이러려고 회사에 다니는 건 아

닌데. 그렇지만 나는 슈퍼우먼이 아니잖아. 일, 살림, 육아를 완벽하게 해내기란 불가능하다고.'

말은 이렇게 하지만 변명이라는 걸 잘 안다. 출퇴근에 3시간, 직장에서 9시간을 보내고 온 엄마가 아이와 집에서 보내는 시간은 단 2시간 정도. 아침에 헤어져 12시간 만에 보는 엄마와 조금 더 놀고 싶은 아이 마음을 '조금만' 알아주면 큰 문제가 되지 않았을 텐데. 어쩌다 이렇게 됐을까.

직장맘이 아이들과 함께 읽으면 좋을 그림책

분리불안. 육아휴직 후 복직을 앞둔 엄마들이 가장 걱정하는 것이다. '엄마 껌딱지'인 우리 애가 나 없이도 잘 있을까 하는 걱정(아빠들도 이런 걱정을 하려나?). 그래도 정해진 날, 정해진 시간에 출근은 해야 하고, 아이는 어린이집이나 조부모 혹은 그 누군가의 돌봄을 받아야 한다.

그렇다면 방법은 하나, 가르치는 수밖에 없다. 마음으로 느끼게 하는 수밖에 없다. 눈에서 멀어진다고 마음에서 멀어지는 게 아니라고. 눈에 보이는 것만 사랑이 아니라고 끊임없이 말해야 한다. 《엄마 가슴속엔 언제나 네가 있단다》(몰리 뱅 글·그림, 최순희 옮김, 열린어린이)는 엄마와 떨어져 있을 아이를 안심시키기에 좋은 그림책이 되어줄 거다.

아이들이 어린이집에서 엄마 생각 날 때는?

《엄마는 회사에서 내 생각 해?》
김영진 글·그림

내가 일하는 회사는 오전 8시 일과를 시작해 보통 그날 오후 10시에 퇴근을 한다. 매일 초과근무를 하는 건 아니다. 편집기자마다 출근 시간을 조금씩 달리 정해서 하루 9시간씩 일한다.

그동안은 오전 10시에 출근해 오후 7시에 퇴근했는데, 출근 시간을 오전 8시로 앞당겼다. 일터인 상암동에서 내가 사는 군포까지는 1시간 30여 분이 걸린다. 퇴근 시간이 오후 5시여도 집에 가면 7시가 다 되는 경우가 허다하다.

그러던 어느 날, 현관문을 여는데 다섯 살 다윤이가 나를 힐끗 보며 말한다. 소파에 다리를 대자로 벌리고 앉아 텔레비전을 보던 그 자세 그대로.

"엄마, 일찍 왔네요? 일찍 와주셔서 감사합니다."

"뭐? 엄마, 재가 지금 뭐라는 거야?"

황당한 인사를 받은 나도, 손녀의 엉뚱한 말이 우스웠던 친정엄마도 동시에 한바탕 크게 웃었다. 그러면서도 저녁밥을 먹는 내내 그 말이 계속 맴돌았다. 평소 내 귀가 시간에 대해서는 별로 신경 쓰지 않던 아이라 더 그랬는지 모르겠다.

쉬는 날, 어린이집에 다윤이를 데리러 갈 때마다 겪은 일도 떠올랐다. "어머님이 오시는 날엔 다윤이 표정이 너무 달라요"라던 원장 선생님의 인사말. 그냥 하는 소리겠거니 하고 흘려 넘겼는데, 그게 아니었나?

이런저런 생각으로 저녁밥을 먹는 둥 마는 둥 하던 그때, '병관이 시리즈'로 유명한 김영진 작가의 그림책《엄마는 회사에서 내 생각 해?》의 은비가 떠올랐다.

은비 엄마는 직장맘. 오늘도 아침 일찍 은비를 깨워서 씻기고 입히고 먹이느라 바빴어. 은비는 "빨리빨리 하라"고 다그치는 엄마가 좋아 보이지 않았나 봐. 출근 준비로 정신없는 엄마에게 "엄마, 오늘 회사 안 가면 안 돼?"라고 물었다가 괜히 혼만 났어.

서둘러 은비를 유치원에 데려다주고 지하철을 탄 엄마. 그제야 엄마는 은비랑 제대로 인사도 하지 못하고 헤어진 게 마음에 걸렸어. 속상한 건 은비도 마찬가지였지. 서둘러 회사에 간 엄마도, 이른 아침 텅 빈 유치원에서 혼자 친구들을 기다리는 것도 은비

은비네 반 하루 수업이 끝났어요. 아이들이 반쯤 집에 갔어요.
지원이도 집에 갔어요. 종일반만 남았어요.
시간이 엄청 느리게 갔어요. 은비는 종이 접기도, 그림 그리기도
재미없었어요. 엄마가 일을 일찍 끝내고 데리러 왔으면 했어요.

21

《엄마는 회사에서 내 생각 해?》 | 김영진 글·그림 | 길벗어린이(2014)

는 마음에 들지 않았어.

책은 은비 엄마의 출근길 이야기를 시작으로, 퇴근 후까지 엄마와 은비의 하루를 교차하며 보여준다. 은비 엄마의 모습에서 내 모습을 찾는 건 어렵지 않았다. "빨리빨리"를 입에 달고 사는 것도, 점심시간 후 산책길에서

유모차 끄는 엄마들을 보며 아이들 어릴 적 일을 떠올려보는 것도, 아침에 있었던 일이 신경 쓰여 '칼퇴근'하려 애쓰는 모습까지. 또 일하는 딸을 대신해 아이를 돌봐주는 친정엄마에게 괜한 일로 짜증을 내고 후회하는 것도 비슷했다.

그런데 이건 미처 생각하지 못했다. 유치원 친구들 앞에서 주말에 있었던 일을 발표할 때, 급식을 맛있게 다 먹은 걸 자랑하고 싶을 때, 친구랑 다툼이 생겨서 선생님한테 혼났을 때, 종일반이 아닌 다른 아이들이 반쯤 집에 일찍 갔을 때, 놀이터에서 더 놀고 싶을 때, 제일 좋아하는 토끼바지를 입고 싶은데 아무리 찾아도 없을 때, 할머니에게 떼쓰다가 혼났을 때 엄마가 보고 싶었던 은비. 그제야 우리 아이들도 이럴 때 내 생각이 났겠구나 싶었던 것이다.

아이들에게 "너희들도 할머니에게 혼나면 엄마 생각 났어?" 물었다. 고개를 끄덕이는 아이들. "왜 말하지 않았어?"라는 말이 반사적으로 나올 뻔했지만 참았다. 왠지 듣지 않아도 알 것 같아서. 똑같은 일로 혼이 나도, 엄마에게 혼나는 거랑 할머니나 다른 사람에게 혼나는 건 기분이 좀 달랐을 텐데…….

한 번 끄집어진 미안한 마음은 이상한 방향으로 꼬리에 꼬리를 문다. 퇴근해 돌아오면 현관에서부터 누가 더 빨리 말하나 내기라도 하듯 먼저 말을 쏟아내는 아이들. 그런 마음도 몰라준 채 "조용히! 한 사람씩"이라고 말을 막은 나를 아이들은 어떻게 생각했을까? 오래 기다렸다가 꺼낸 말일 텐데,

그 마음을 몰라줘 속상하진 않았을까? 제일 미안했던 건 퇴근 후 은비 엄마와 은비가 나누는 이 대화를 읽고 나서다.

"엄마는 회사에서 뭐 했어?"

"엄마? 우리 은비 생각 했지!"

아, 왜 나는 은비 엄마처럼 센스 있게 말하지 못했을까? 우리 아이들도 은비처럼 물었는데, 내 반응은 이랬다.

"뭐 하긴 뭐 해, 회사에서 열심히 일했지."

맙소사. '뭣이 중한지도' 모르는 이 눈치 없는 엄마 같으니라고. 은비 엄마처럼 "회사에 가서도 우리 딸들 생각 했다"고 말했더라면 우리 아이들도 참 좋아했을 텐데. 나중에라도 아이들이 "엄마는 회사에서 뭐 했어?" 물으면 꼭 이렇게 말해줘야지.

"우리 다자매 생각 했지! 진짜야. 오늘 엄마가 본 기사 중에 '아주 특별한 운동회'란 게 있었는데 말이야. 무슨 내용인지 궁금하지 않니? 이야기 해줄까?"

일과 육아를 병행하기 힘들 때마다 주문처럼 외우고 다녔던 문장이 있다. '일을 해야 내가 성장한다. 일을 해야 가족이 끈끈해진다. 일을 해야 진짜 행복을 알 수 있다'는. 다시 한 번 소리 내어 읽어본다. 풀어진 마음이 다시 단단해진 기분이다.

함께 보면 더 좋은 그림책

직장맘 은비 엄마가 혼자 발을 동동 구르는 동안에 은비 아빠는 어디에 있었던 걸까? 책 표지 사진에 있는 은비 아빠가 책 속에서 한 번도 등장하지 않은 건 아쉬웠다. 이런 내 마음을 작가가 읽은 걸까? 김영진 작가가 아빠를 주인공으로 한 책도 냈다. 바로 《아빠는 회사에서 내 생각 해?》이다. 《엄마는 회사에서 내 생각 해?》와 같이 읽으면 좋은 그림책이다. 엄마·아빠가 회사에서 어떤 일을 하는지 아이들과 자연스럽게 이야기 나눌 수 있어 더 좋았다.

아이가 화나면, 많이많이 화나면

《정말정말 화가 나요!》
스티븐 크롤 글,
크리스틴 다브니에 그림

'엄마, 내가 행복을 줄게.'

내가 특별히 좋아하는 표현이다. 지금은 몇 권의 책을 낼 만큼 유명해진 여행작가 오소희 씨의 책 이름이기도 한 이 문장은 그의 아들이 한 말이다. 읽을수록 감동 그 이상의 뭉클함을 주는 말이다. 눈으로만 읽기 아쉬워 몇 번이고 소리 내어 읽었다. 그러다 아예 큰아이 돌 앨범 뒤표지에 '아이에게 하고픈 말'로 새겨놓기까지 했다. 표현은 조금 바꿔서. '엄마 · 아빠가 행복을 줄게'라고.

이렇게 영원할 것 같았던 아이를 향한 그 뜨거운 마음도 식더라. 알게 모

《정말정말 화가 나요!》 | 스티븐 크롤 글 | 크리스틴 다브니에 그림 | 이미영 옮김 | 크레용하우스(2005, 절판)

르게 서서히. 그리고 무뎌지고 무뎌지더라. 급기야 아이를 '정말정말 화나게 하는 일'도 아무렇지 않게 하더라. 아주 작은 일, 아무것도 아닌 일로. 그것은 정말이지 날마다 일어나는 일로, 셀 수 없이 많다. 누구나 다 그럴 것이다. 스티븐 크롤이 쓴《정말정말 화가 나요!》에 등장하는 니나의 일들이 그다지 놀랍지 않으면서도 뜨끔했던 건 바로 그 때문이다.

니나의 아빠는 저녁을 준비 중이에요. 니나는 맛있는 걸 먹을 생각에 들떠 있죠. 아빠가 아주 맛있는 거라고 말했거든요. 그런데 생선이라니. 싫어하는 것을 알면서 좋아할 거라고 말할 때, 니나는 정말정말 화가 나요.

우리 둘째도 그랬다. 내가 정말 예쁜 옷을 사 왔다며 너도 분명 좋아할 거라고 했지만, 아이는 본 척도 하지 않았다. 자기가 좋아하는 색이 아니라면서. 그러면서 하는 말. "엄마는 내가 분홍색 좋아하는 거 알면서, 왜 파란색 원피스를 사 왔어요?" 그러게 알면서도 왜 그랬을까?

니나는 이제 옷도 혼자 입을 수 있다고 말해요. 그런데 생각대로 잘되지 않았죠. 혼자 하려는 일이 잘되지 않을 때 니나는 정말정말 화가 나요.

우리 둘째도 그랬다. 혼자 먹을 수 있다며 젓가락질을 하는데 반찬이 잘 집어지지 않는다고 울며 화를 냈다. "괜찮아, 처음엔 다 그래. 연습하면 잘할 수 있어"란 말도 위로가 되지 않았다. 이때 엄마는 가만히 있어주는 게 돕는 거다. 절대 나서지 말자!

크리스마스트리를 장식하려는 니나. 멋지게 장식한 트리를 엄마에게 보여주고 싶었지요. "엄마, 이것 좀 보세요." 그러나 엄마는 "잠깐만"이라고 말할 뿐 오지 않았어요. 엄마가 왔을 때는 이미 트리가 넘어지고 난 후였죠. 빨리 와달라고 하는데, 마냥 시간을 끌 때 니나는 정말정말 화가 나요.

우리 둘째도 그랬다. 저녁을 먹고 설거지 중인데 "빨리 와보라"고 다그친다. '조금만 하면 다 하는데' 하고 생각하는 사이 둘째가 울먹거리며 말한다. "엄마가 빨리빨리 오지 않아서 속상하다"고. 어느 육아책에서 "아이가 요청할 때는 하던 일을 멈추고 바로 가라"는 대목이 떠오르는 순간이다. 좋은 문장이라고 밑줄만 쳐놓으면 뭐하나. 실전에서 써먹지를 못하는데. 고무장갑 벗는 게 뭐 그리 어려운 일이라고.

공원에 갈까, 박물관에 갈까? 고민하던 니나와 엄마는 박물관에 가요. 그런데 갑자기 사방이 어두운 박물관이 싫어졌어요. 공룡도 싫어졌지요. 니나는 엄마에게 다시 공원에 가자고 졸랐어요. 마음을 바꾸고 싶은데, 너무 늦었을 때 니나는 정말정말 화가 나요.

우리 둘째도 그랬다. 놀이터에 갈까, 방방을 타러 갈까? 고민하다 방방을 타러 간 둘째. 그런데 실내 놀이터는 너무 덥고 사람들이 많아 답답했다. 게다가 가지고 놀고 싶은 장난감도 마음대로 갖고 놀 수 없었다. 아이가 "엄마, 놀이터에 가요" 하는데 나는 왜 갑자기 본전 생각이 났을까? "우리 1시간 돈 냈는데, 좀 더 있다 가자." 왜 지금 가면 안 되는지 모르겠다는 둘째 표정. 그러게. 기다리는 게 더 곤욕이었을 텐데. 엄마가 본전 생각해서 미안해.

아이가 정말정말 화나는 일들에 대해 쓴 그림책 《정말정말 화가 나요!》를 크게 공감하며 읽었다. 거꾸로 '아이를 정말정말 화나게 하지 않는 법'도 배웠다. 화날 게 뻔한 행동은 하지 않으면 된다(아이들도 그래주면 좋으련만).

아이들을 화나게 했다고 좌절할 필요도 없다. 아이들 화를 푸는 기막힌 방법이 있으니까. 니나가 아무리 화가 나도 '이거'면 엄마 품으로 포옥 안기는 비법. 그게 뭐냐고? 얼마나 화가 났는지 살짝 물어봐주는 거다. 그리고 아이가 하는 말을 들어주면 그뿐이다.

헌책방에서 만난 그림책

정말 아쉽지만 이 책은 절판됐다. 온라인 서점에서도 판매하지 않는다. 내 딸 이야기 같은 이 귀한(?) 그림책을 구하려면 헌책방을 뒤지는 수고를 감수해야 한다. 나도 그렇게 찾았다. 그림책의 고전이랄 수 있는 책들은 헌책방에서도 자주 보인다. 오히려 그곳을 이용하지 않는 게 손해다. 정가의 반도 안 되는 가격으로 살 수 있으니까. 우리 동네 헌책방을 아이와 방문해보는 건 어떨까? 아름다운가게를 방문하는 것도 좋다.

엄마가 화나면,
진짜진짜 화나면

《소피가 화나면, 정말정말 화나면》
몰리 뱅 글·그림

"그럴 거면 먹지 마. 밥 안 먹어도 좋아."

화가 났다. 기어이 터졌다. 엄마도 화나면, 정말정말 화나면, 애가 된다. 《소피가 화나면, 정말정말 화나면》 소피처럼 된다(소피는 언니가 장난감을 뺏어 화가 났다). 발을 쾅쾅 구르고 소리를 지른다. 들고 있던 것을 던져버리고 싶을 만큼 행동이 과격해진다. 활활 타오르는 화산이 된다. 화가 나는 이 순간은 오로지 나만 존재하는 것 같다. 내가 얼마나 부족한 사람인지 확인하게 되는 순간이다. '아이들은 이런 날 보며 무슨 생각을 할까' 하는 따윈 잠시 잊게 되는 순간이다.

저녁을 먹기 전 "엄마 기분이 별로 좋지 않아" 하고 아이들에게 미리 사인을 줬다. 그러면서 빨리 목욕하고 밥 먹자고 사정했다. 작은아이가 이런 내 마음을 헤아려줄 리 없다는 걸 알면서도 이번만은 알아주길 바랐다.

그러나 "내 마음은 내 거니까 내 맘대로 할 거야"라는 아이. 엄마는 목욕을 잽싸게 하고 저녁을 먹으면 좋겠는데 아이는 욕조에서 물놀이를 더 하고 싶을 뿐이고, 엄마는 빨리 저녁을 먹으면 좋겠는데 아이는 오늘따라 카레가 담긴 언니 접시가 더 예뻐 보일 뿐이다.

반드시 언니 접시에 담긴 밥을 먹어야겠다고 떼를 쓰기 시작하는 아이. 그 요구가 좋게 들릴 리 없는 나. 다시 한 번 알려준다. "엄마 기분이 좋지 않으니 그만하라"고. 또 "그건 원래 언니 접시니까 네 접시에 담긴 저녁을 먹으라"고. "그래도…… 그래도" 무한 반복되는 작은아이의 '그래도' 타령. 계속 듣고 싶지 않은 후크송이 따로 없다. 분노 게이지가 슬슬 위험 신호를 보내온다. 그래도 아직까지는 이성으로 제어가 가능한 상황.

고집을 꺾지 않는 아이. 울기 시작한다. 강력한 무기. 최후의 수단. 앙칼지게 운다. 들으라는 듯 운다. 삑삑삑. 분노 게이지가 최고점을 찍는다. "먹지 마. 안 먹어도 좋아." 식탁에서 접시를 재빠르게 치운다. 더 서럽게 우는 아이. 그 상황을 받아줄 마음의 여유가 1도 없다. 신경에 거슬리는 울음소리. 먹던 밥숟가락을 던지듯 놓고 방으로 들어온 나. 사춘기 때나 했던 짓을 엄마가 돼서 다시 하게 될 줄이야.

육아서에서 배운, 그러나 적용하지 못한 훈육 이론들이 머릿속을 휘젓는다. 아이가 시끄럽게 울더라도 계속 식탁에 앉아 있어야 했다. 흥분하지 말고 단호하게 왜 안 되는지 이야기해야 했다. 더 참고 기다려야 했다. 아이가 울음을 그칠 때까지. 제 접시에 담긴 카레밥을 먹을 때까지. 더 참고 기다려야 했다. 이어지는 자책 모드. '난 왜 이렇게 좋은 엄마가 못 되는 거지?' 그때였다.

"문 열어."

문을 두드리는 남편. 전혀 반갑지 않다. 벼락같이 울고 있는 아이 입장에서는 든든한 지원군이 한 명 등장한 셈일 테니까.

"작은애랑 또 한 판?"
"응."
"이거 받아."
"뭔데."
"네 잎 클로버. 행운이 함께하길."

별다른 말 없이 그저 웃기만 하는 남편이 고맙다가도 "또 한 판"이라는 말에 서운한 마음이 든다. 뜻밖에 주어진 혼자만의 시간. 밀린 원고나 쓰자며 자판을 두드리고 있던 그때, 남편과 함께 아이가 방으로 들어온다. 아이가 말했다. "엄마, 미안해요." 아빠가 시킨 게 누가 봐도 분명하지만 (이번에는 어느 책에서 읽은 대로 확실히) 말없이 가만히 안아줬다. 묻지도 따지지도 않

고. 언제 울었냐는 듯 생글생글 웃는 아이. 눈웃음을 치며 묻는다.

《소피가 화나면, 정말정말 화나면》 | 몰리 뱅 글·그림 | 박수현 옮김 | 책읽는곰(2013)

"엄마, 나 밥 다 먹었는데 초콜릿 먹어도 돼요? 이제 엄마 거(아이패드)로 색칠 공부해도 돼요?"

뒤끝 없어 좋구나. "아이들 때문에 백날 속 끓여봐야 소용없다"는 말은 진리다. 어른들 말대로 어쩌겠나, 애라서 그러는 것을. 아차, 언니가 장난감을 빼앗아 정말정말 화가 난 소피는 어떻게 됐냐고?

화가 난 소피는 문을 쾅 닫고 밖으로 나갔어. 뛰고 또 뛰고. 그러다 주저앉아 울고. 한참을 지나서야 소피는 숲에 들어온 걸 알게 됐어.

산들바람, 일렁이는 물결, 드넓은 세상이 소피를 포근하게 감싸줬지.

나무와 고사리 그리고 새소리에 한결 기분이 나아진 소피는 집으로 돌아가. 따뜻한 집에서 나는 좋은 냄새. "다녀왔습니다." 소피네 가족들은 묻지도 따지지도 않고 소피를 반겨주었지. 소피도 환하게 웃었어.

생각해보니 민저 "미안하다"고 말해준 아이에게 고마운 마음이 든다. 엄마에게 사과하라고 설득하는 아빠에게 "내 마음은 내 거니까 내 맘대로 할 거야"라고 고집을 부릴 수도 있었을 텐데. 엄마답지 않게 행동해서 미안하긴 나도 마찬가지인데. 가족은 이런 거겠지. 불같이 화를 내고도 언제 그랬냐는 듯 또 "하하 호호" 하는 참 이상한 관계. 그래서 믿을 건 가족뿐인 거겠지.

훈육의 길은 멀고도 외롭다

아이를 키우면서 나를 번번이 시험에 빠뜨린 건 훈육이었다. "애와의 기싸움에서 지면 절대 안 돼, 지는 순간 넌 애한테 끌려다니는 거야"라는 말을 주변에서 숱하게 들었다. 물론 애랑 왜 기싸움을 하느냐는 사람도 있다. 우리 남편처럼. 난들 싸우고 싶어서 싸우나. 양치질하기부터 한자리에 앉아 밥 먹기, 숟가락·젓가락으로 밥 먹기, 옷 입기 등등 하나부터 열까지 가르쳐야 하는데 순순히 따라주는 아이들은 많지 않다.

우리 둘째도 그랬다. 밥은 손으로 먹어야 제맛이고, 칫솔은 질근질근 씹어야 제맛인데 그걸 못 하게 하니 짜증을 낸다. 운다. 귀까지 빨개져서 서럽게. 훈육이 뜻대로 안 되니 엄마인 나도 화가 난다. 목소리가 커진다. "이럴 때 어떻게 해야 해?" 답답한 마음에 회사 선배에게 물었다.

선배는 말했다. 아이와 갈등의 골이 깊어졌을 때는 같은 공간에서 벗어나 잠시 시간을 갖는 것도 좋다고. 마음은 알아주면서. "너는 지금 그걸 손으로 먹고 싶겠지만 이젠 안 돼. 울던 거 다 울면 엄마한테 오렴." 여기서 중요한 건, 아이가 엄마에게 왔을 때 최대한 부드럽게 대해줘야 한다는 거다. 잠시 떨어져 있는 시간 동안 감정이 누그러져 가능한 일이다. 다은이는 이 방법이 썩 괜찮았는데 다윤이는 아니다. 막무가내 막내는 실컷 울고 난 뒤에 나한테 안 온다. 제 아빠에게 간다. 훈육의 길은 멀고도 외롭다.

쿨한 엄마 되려다 망했다

《유기견 노먼과 한 가족 되기》
캐럴라인 애더슨 글, 친 렁 그림

"오늘은 네가 원하는 것 사준다고 했으니까, 골라봐."

"정말 내가 원하는 거 사줄 거지?"

"응? 음……, 그~럼."

큰아이 다은이와 동네 서점에 갔다. 칭찬 스티커를 다 붙이면 원하는 책을 사주겠노라 약속을 했기 때문이다. 그런데 꼼짝 않고 벌써 몇 분째 스티커북에만 정신이 팔려 있는 아이. 내심 불안해지기 시작한다.

'설마 저 스티커북을 산다고 하지는 않겠지? 사달라고 하면 정말 사줘야 하나? 집에도 이미 많은데…….' 그런데 왜 슬픈 예감은 틀린 적이 없는 걸까? 들었다 놨다 하며 망설이던 아이가 손에 든 건 바로 포켓몬스터 스티커북.

"엄마, 이거 사도 돼?"
"에이~ 뭘 이런 걸 사, 다른 거 사면 안 돼?"
"내가 원하는 거 사준다며……."

그럴 줄 알았다는 듯, 순간 실망한 아이의 눈빛. 아차 싶었다. 쿨한 엄마 되려다 망했다. 표정 관리가 쉽지 않았지만 결국 다은이가 원하는 것을 사주고 집에 오는 길. '책 한 권 사주는 일도 이런데, 애완동물을 선택하고 키우는 일은 어떨까?' 생각해본다. 그 결정을 오로지 아이만 믿고 맡길 수 있을까. 유기견 노먼과 가족이 되는 과정을 담은 책《유기견 노먼과 한 가족 되기》에 등장하는 엄마·아빠가 새삼 대단해 보였다.

"어떤 개를 데려갈래?"

유기견을 입양하러 유기견 보호소에 온 소년에게 엄마가 물었어. 소년은 "전부 다 데려갈래요"에서 한발(?) 양보해 "가장 슬픈 개를 데려가겠다"고 말했지. 바로 이 보호소에서 가장 오래 있었던 개 노먼을. 소년의 결정에 엄마·아빠는 "저 개 털이 더 예쁜데?"라거나 "저 개가 더 똑똑해 보이는데?" 혹은 "저 개가 더 깨끗한데?"라고 토를 달지 않았어.

《유기견 노먼과 한 가족 되기》 | 캐럴라인 애더슨 글 | 친 렁 그림 | 강유하 옮김 | 내인생의책(2015)

집에 돌아와 훈련에 나선 소년. 그러나 노먼은 소년이 하는 말을 좀처럼 알아듣지 못했어. 그 모습을 지켜보던 엄마·아빠는 소년에게 "왜 이런 개를 고른 거야?"라고 탓하지 않았어. 그저 똑똑하지 않은 개일 뿐이라고, 대신 "노먼은 귀엽고 정이 많다"고 말해주었어.

그러던 어느 날 반전이 일어났어. 우연한 기회에 노먼이 중국어를 알아듣는다는 사실을 알게 된 거야. 소년 가족은 노먼과의 원활한 의사소통을 위해 중국어 공부를 시작했어. 중국어 공부가 쉽지 않았지만 그만두자고도 하지 않았어. 오히려 생각만큼 중국어 실력이 쑥쑥 늘지 않아 실망하는 소년을 달래며 "대신 우리 가족은 정이 많아"라거나 "우리 가족은 재미있어"라고 말해줬지.

결국 소년의 가족은 노먼을 훈련시키기 위해 꼭 필요한 중국어만 배우기로 했어. 공원에서 만난 사람들은 중국어를 알아듣는 노먼을 신기해했어. "똑똑하다"고 칭찬도 했지. 그들에게 소년의 가족은 말했어. "똑똑해서 사랑하는 건 아니에요"라고.

큰딸 다은이 말마따나 유기견을 가족으로 맞이하기 위해 노력하는 가족들의 모습이 참 예쁘다. '씰룩쌜룩 기분 좋아 엉덩이춤'을 추는 노먼을 상상하며 읽는 것도 재미있다. 게다가 중국어를 알아듣는 개라니 신기하기까지 하다.

그런데 이 그림책에서 유독 내 마음을 사로잡은 게 있으니, 바로 엄마·아빠의 따뜻하고 부드러운 말이다. 몇 마디 대화만으로도 아이의 생각을 존중하고 있다는 느낌이 든다. 아이의 자존감이 쑥쑥 올라가는 소리가 들리는 것 같다.

'자존감 높은 아이가 행복하다'는 둥 각종 미디어를 통해 자존감이 중요하다는 말을 많이 듣는다. 그런 자존감이 어느 날 갑자기 생기는 건 아닐 거다. 그렇다고 아주 대단한 방법이 있는 것 같지도 않다. 중요한 건 아이에 대한 관심이다. 아이의 관심을 인정해주는 것, 아이의 말에 귀 기울여주고, 한 번 더 바라봐주는 것, 부모의 생각을 강요하지 않는 것이야말로 아이의 자존감을 키우는 특약 처방이 아닐까. 소년의 엄마·아빠 말이 자꾸자꾸 생각나는 이유다.

쿨한 엄마 되기 스스로 훈련법

슬깃한 제목이지만 이런 훈련법이 있을 리 만무하다. 그러면서도 딱 하나 생각나는 게 있긴 하다. 바로 '엄마 마음'을 돌보는 거다. 아이들 마음 읽느라 바빠 정작 자기 자신을 돌보지 못하고 사는 엄마들이 의외로 많다. 그러다가 몸도 마음도 아프고 결국 아이들 마음도 읽지 못하게 되는 것도 모르고.
엄마가 여유가 없으면 삶이 팍팍하다. 아이들에게도 짜증이 는다. 엄마 마음을 알아주는 사람이 없으니 더더욱 스스로를 돌봐야 한다. 내가 쓰는 '쿨한 엄마 되기 주문'은 이렇다.

"아이에게, 남편에게 기대하지 말자."

기대가 없으면 실망할 일이 없다. 아이는 아이지 내가 아니다. '내가 이렇게까지 했는데, 너희들이 어떻게' 그런 건 없다. '내가 이렇게까지 하고 사는데 남편이란 사람이 어찌 이럴까' 이런 것도 없다. 아이들은 아이들의 세계를 살 뿐이고, 어른들은 어른들의 세계를 살 뿐이다. 그러니 되든 안 되든 하루라도 빨리 시작해야 한다. 기대하지 않고 사는 법을. 그래야 온 가족이 자유롭고, 행복하다.

말문 터진 아이,
나는 비로소
엄마가 되었다

《가나다는 맛있다》
우지영 글, 김은재 그림

"아이가 거꾸로 있네요."

임신 7개월 초음파 검사실. "이러다 돌아오기도 하니까 기다려봅시다." 의사는 말했지만 아이는 끝내 돌지 않았다. 그렇게 나는 '자연분만의 기쁨'을 알 수 없는 몸이 되어 예정일 2주 전, 수술해서 아이를 낳았다.

마취에서 깨어나 처음 아이를 봤을 때, '내가 이 아이를 낳았다니' 믿기지 않았다. 딸인데 하나도 예쁘지 않았다. 태지가 덕지덕지 묻은, 퉁퉁 부은 아기 얼굴이라니. "아기 태어나면 처음엔 원래 그래, 시간이 지나면 괜찮아져." 친정엄마의 말도 위로가 되지 않았다. 그런데 아이를 보러 오는 사람마다 왜 나를 쏙 빼닮았다고 하는 건지, 이해하기 어려웠다.

아이를 먹이고 재우는 게 '이런' 건지도 몰랐다. '진자리 마른자리 갈아 누이며' 어머님 은혜 노랫말은 괜한 게 아니었다. 아이는 잘 먹고 잘 싸고 잘 잤지만, 나는 못 자서 힘들었다. 아이랑 단둘이 종일 있는 것도 생각보다 쉽지 않았다. 자연히 남편 퇴근 시간만 기다렸다. 남편이 갑자기 약속이 있어 늦는 날이면 그렇게 속상할 수가 없었다.

아이가 먹고 자기만 할 때는 그래도 좀 나았다. 본격적으로 스스로 먹으려고 하고, 기고, 서고, 걷기 시작하면서부터는 한숨이 절로 나왔다. "애 낳으니까 좋아?" 묻는 친구들에게 긍정적인 대답이 쉽게 나오지 않았다. 이런 나와 달리 제 자식 예뻐서 그야말로 물고 빨고 하는 친구들을 보면 신기했다. 내 모성이 좀 부족한 건가? 걱정도 됐다.

기우였다. 아이가 말을 하기 시작할 무렵, 나는 비로소 엄마가 되었다. 오물오물하는 입 모양이 사랑스러웠다. 우리 아이는 이런 목소리를 가졌구나. 말 한마디 할 때마다 입에서 보석이 나오는 것 같았다. 그때부터였던 것 같다. 내 모성에 불이 붙기 시작한 건. 지금도 누군가 "애 낳으면 좋아요?" 하고 물으면 망설임 없이 "응, 말하기 시작하면, 그때부터가 진짜 예뻐"라고 말한다. 그런데 아이가 스스로 책을 읽기 시작한다면? 그건 기쁨을 넘어 감동이다. 우지영이 쓰고 김은재가 그린《가나다는 맛있다》는 그맘때 읽기 딱 좋은 그림책이다.

책의 내용은 단순하다. 가나다라마바사, 아자차카타파하와 된소리, 아야어여오요우유으이로 시작하는 단어들을 재미난 그림을 곁들여 소개한다.

가가가는 간질간질 감, 마마마는 만지작만지작 만두, 까까까는 깍둑깍둑 깍두기, 오오오는 오들오들 오므라이스, 자자자는 자꾸자꾸 자장면.

이런 식으로 의성어, 의태어가 읽는 재미를 준다. 부끄럽지만, 정확히 모르는 단어도 알게 된다.

"자기야, 유들유들이란 말 뜻이 뭐야?"

"뭔가 좀 부드럽다는 말인가? 그 사람 좀 유들유들해. 이런 말 쓰잖아."

"자기도 몰랐구나?"

"응? 그 뜻이 아냐?"

"이 책에는 이렇게 나와. 부끄러운 줄 모르고 뻔뻔하게 행동하는 모양을 말한대. '친구가 유들유들 웃으며 자꾸 괴롭혀요'라는 예문이 쓰여 있어."

"아, 좀 뺀질대는 거 말하나 보다."

《가나다는 맛있다》 | 우지영 글 | 김은재 그림 | 책읽는곰(2016)

대충 아는 것도 정확히 알게 되는 《가나다는 맛있다》. 지난해 연말 둘째와 단둘이 첫 여행을 갔을 때도 아이는 이 책을 챙겼다. 수원에서 진주까지 약 3시간 40분. 처음 타는 고속버스 안이 답답하고 지루하기도 할 텐데, 둘째는 이 책 한 권으로 지루하지 않게 여행을 즐겼다.

배경그림마다 작은 글씨로 쓰인 에피소드도 재미있다며 끝까지 읽어달라고 했다. 책 읽기는 자연스레 끝말잇기로 이어졌다. 또 곡을 붙여 즉흥적으로 노래도 만들어 불렀다. 이상한 노래 부르지 말라고 호통을 치면서도 다시 불러보라는 아이. 이 책이 이렇게 요긴하게 쓰일 줄은 몰랐다.

말하기보다 글쓰기

아이를 키우다 보니 말하고 읽기보다 더 굉장한 일도 생기더라. 바로 글쓰기다. 씨앗이 꽃이 되는 마법 같은 과정을 단 몇 줄의 문장과 그림으로 보여주는 그림책 《너는 어떤 씨앗이니?》(최숙희 글·그림, 책읽는곰)를 읽고 '못생긴 씨앗도 꽃이 피면 예쁘다'라고 쓴 글을 봤을 때 '내가 낳은 애가 맞나?'생각했다. 시인의 좋은 시만큼 듣기 좋았다. 한때는 수줍음이 너무 많은 게 걱정이 되어 불안할 때도 있었는데, 그럴 필요가 없겠구나. 예쁘지 않은 씨앗도, 늦게 피는 씨앗도, 수줍어 숨은 씨앗도 결국엔 싹을 틔우고 꽃잎을 활짝 피울 테니까. 네 속에 든 씨앗이 어떤 꽃을 피울지 벌써부터 기대된다.

툭하면 아이 협박하던 엄마의 최후

《망태 할아버지가 온다》
박연철 글·그림

"너 자꾸 돌아다니면서 밥 먹으면 텔레비전 끈다."
"너 자꾸 이 안 닦으면 이제부터 간식 안 준다."
"빨리빨리 입어, 너 자꾸 이러면 엄마 혼자 간다."
"너 자꾸 누워서 먹으면 이제 밥 안 준다."
"너 자꾸 떼쓰면 이제 놀이동산 안 데리고 온다."

하루에도 아이에게 무수히 많은 협박(?)을 하며 산다. 아이에게 이런 말을 하면 안 되는데, '왜 이러지?' 싶을 때도 있다. 그래도 어쨌든 협박하면 하긴 하니까 '협박의 유혹'에서 벗어날 수가 없다. 적어도 이 책을 읽기 전

《망태 할아버지가 온다》 | 박연철 글·그림 | 시공주니어(2007)

까지는 그랬다. 《망태 할아버지가 온다》 이야기다.

"너 자꾸 거짓말하면 망태 할아버지한테 잡아가라고 한다."

"빨리 밥 먹지 않으면 망태 할아버지한테 잡아가라고 한다."

속상하다. 꽃병을 깬 것도 내가 아닌데 엄마는 거짓말이라 하고, 밥보다 맛있는 게 얼마나 많은데 엄마는 빨리 밥을 먹으라고 한다. 안 그러면 망태 할아버지한테 잡아가라고 한다면서.

망태 할아버지는 누군가. 엄마가 말했다. 망태 할아버지는 "말 안 듣는 아이를 잡아다 혼을 내준다"고. "우는 아이는 입을 꿰매고, 떼쓰는 아이는 새장에 가두고, 밤늦도록 잠 안 자는 아이는 올빼미로 만들어버린다"고. "이 세상 모든 아이들을 잡아다 얌전하고 말 잘 듣는 착한 아이로 만들어 돌려보낸다"고. 하얀색 동그라미 도장을 '꽝꽝' 찍어서. 난 망태 할아버지가 무섭다, 정말.

조금 늦게 잔다고 큰일 나는 것도 아닌데, 엄마도 날마다 늦게 자면서 나한테만 빨리 자래. 그런데 이게 무슨 소리지? 스르륵스르륵! 마, 망태 할아버지인가? 아…… 무서워.

"너 잡으러 왔다."

"어어…… 엄마……."

그런데 망태 할아버지에게 잡혀가는 게 내가 아니고 엄마네? 뭐지? "엄마" 소리를 듣고 한걸음에 달려온 엄마. 꿈이었다. 아이는 아까 화내서 미안하다고 엄마에게 사과한다. 엄마는 그런 아이를 꼭 안으며 말한다. "엄마도 화내서 미안해."

'에이 뭐야, 너무 급화해 모드잖아?' 그런데 그림책 마지막 페이지의 엄마를 꼭 안고 있는 아이 표정이 당최 이해가 가질 않는다. 왜 저런 이상한 표정을 짓고 있는 거지? 내가 모르는 뭔가가 있나? 그림책을 다시 펼쳐보길 여러 번. 악, 도저히 모르겠다. 다은이는 알려나?

"너, 이 책 봤어?"

"음……, 본 것 같기도 하고. 왜? 한번 볼까?"

"응, 엄마는 마지막 이 그림이 잘 이해가 안 가서."

책을 쓱 보는가 싶더니, 아이가 이렇게 말한다.

"엄마, 이 아이 엄마 등에 하얀색 동그라미 도장이 있잖아. 그래서 이상하게 생각한 게 아닐까?"

순간 소름이 돋았다. 말 안 듣는 아이 잡아다 혼을 내주고, 우는 아이 입을 꿰매고, 밤늦도록 잠 안 자는 아이를 올빼미로 만들어버린다는 망태 할아버지, 이 세상 모든 아이들을 잡아다 얌전하고 말 잘 듣는 착한 아이로 만들어 하얀색 동그라미 도장을 쾅쾅 찍어 돌려보낸다는 망태 할아버지가 아이만 잡아가는 게 아니었구나. 망태 할아버지에게 잡혀간 엄마가 아이 말 잘 들어주는 착한 엄마로 돌아온 거구나. 어쩌나. 나도 망태 할아버지가 무섭다.

엄마도 망태 할아버지에게 안 잡혀가려면

아이가 텔레비전을 보고 있는데 밥을 먹어야 한다면?

외출 후 돌아와 손도 안 씻고 간식을 먹는다고 한다면?

밤 12시가 되어가는데 잠을 안 자려고 한다면?

이럴 땐 망태 할아버지보다는 '규칙'을 소환하는 게 좋다. 물론 규칙은 미리 정해놔야 한다. 이를테면 "그 프로그램 끝날 때까지만 보고 밥 먹자" 하면 아이들 대부분 고개를 끄덕인다. "작은 바늘이 10자에 가면 자는 거다" 하면 아이들 대부분 시간을 확인하며 지키려 한다. 규칙을 잘 지키면 상도 주자. 잘 안 지키면 어떡하냐고? 협박을 자주 하면 아이들에게 협박을 당하는 부작용을 낳지만, 가끔 하는 협박은 약이 되기도 한다.^^

5장

가족은 서로 사랑하는 거야

"재봉틀로 아빠를 만들어줘"

《엄마가 만들었어》
하세가와 요시후미 글·그림

아이와 함께 읽는 책 가운데 어떤 것은 '이건 작가 자신의 이야기구나' 싶을 때가 있다. 하세가와 요시후미가 쓰고 그린 《엄마가 만들었어》가 그랬다. 책에서 이야기를 끌어가는 초등학교 3학년 하세가와 요시후미가 저자 이름과 같은 것도 내 추측에 확신이 들게 하는 근거다.

요시후미 엄마는 남편 없이 아이 둘을 키우며 재봉틀로 옷 만드는 일을 해. 어느 날 청바지를 사달라고 조르는 요시후미에게 엄마는 그런 거라면 사지 않아도 된다며 청바지를 만들어주셨어. 검도복 바지를 만드는 천으로. 그런 바지를 입은 요시후미에게 친구들은 "청바지 같은데 청바지가 아니네?" 하고 놀려.

땀이 많이 나는 요시후미. 그런 아들이 안타까운 엄마는 체육복을 만들어주겠다고 해. 불길한 예감이 드는 요시후미. 역시나였어. 이번에도 엄마는 와이셔츠 만들 때 쓰는 반들반들한 천으로 체육복을 만들어주셨어. 반질반질한 체육복을 입은 요시후미에게 친구들은 또 "체육복 같은데 체육복이 아니네?" 하고 놀려.

아빠 참관수업 안내문을 받은 요시후미는 엄마에게 "안 와도 된다"고 말해. "엄마가 아빠 대신"이라며 엄마가 고집을 꺾지 않자 요시후미는 저도 모르게 이런 말을 해. "엄마가 뭐든 만들 수 있다고 했으니까, 아빠를 만들어줘." 요시후미 엄마는 조금 슬픈 얼굴로 말했어. "미안하다, 엄마 재봉틀로 아빠를 만들 수 없어."

드디어 아빠 참관수업 날. 요시후미는 체육 시간이 아닌데도 땀이 났어. 엄마가 아빠 양복을 입고 다른 아빠들과 함께 교실 뒤에 서 있지 뭐야. 엄마는 양복을 가리키며 요시후미에게 이렇게 속삭였어. "엄마가 만들었어"라고.

"재봉틀로 아빠를 만들 수 없다"는 말을 듣고 '밥에서 모래 맛이 났다'는 요시후미. 나는 눈에 모래가 들어간 것처럼 서걱거렸다. 내가 만약 요시후미의 엄마라면 어떤 말을 할 수 있었을지 생각만으로도 머릿속이 하얘졌다.

마지막 장면에서는 웃음이 났다가 눈물도 났다. 이야기 맺음이 어찌 될지 내내 긴장하며 읽었는데 "엄마가 만들었어"라니. 그림책 너머로 "잘 만들었지?"라고 으스대는 엄마 목소리가 들리는 듯했다. 남편의 옷을 지으며 요시후미 엄마는 무슨 생각을 했을까?

《엄마가 만들었어》 | 하세가와 요시후미 글·그림 | 김소연 옮김 | 천개의바람(2013)

사실 요시후미에게는 남다른 상처가 있다. 요시후미 아빠가 돌아가신 후 친척들은 "이름(요시후미)이 안 좋아서 그렇다"며 요시후미란 이름을 요시오로 바꿔 불렀다. 아빠의 죽음으로 이름까지 바뀐 요시후미.

아이들은 부모의 싸움 혹은 죽음을 자신의 탓으로 생각하는 경향이 있다고 들었다. 스스로도 그 마음을 어쩌지 못해 힘들었을 아이가 주변에서 그런 이유로 이름까지 바꿔 부른다면 얼마나 견디기 힘들었을까. 그런 상처를 안고 살아가야 하는 요시후미가 나도 짠하게 느껴졌는데, 그걸 지켜본 엄마 마음은 오죽했을까. 아이 앞에서는 익살맞게 웃고 있는 요시후미 엄마 얼굴에서 여러 감정이 읽혀 한동안 눈길을 뗄 수 없었다.

그래도 다행이다. 책머리에서 요시후미가 "아빠가 돌아가시고 나랑 누나랑 엄마 세 식구만 남았지만 우리는 잘 지내고 있다"라고 한 게 괜한 소리는 아닌 것 같아서.

요시후미의 반전

나를 울리고 웃게 한 소년 요시후미의 반전은 책 뒤표지에 있다. 요시후미는 엄마가 만들어주는 건 뭐든 탐탁지 않아 했지만, '도시락'만은 예외인가 보다. 엄마를 그렇게 부끄러워하던 요시후미가 "우리 엄마는 못 만드는 것이 없습니다. 나는 엄마가 참 좋습니다"라고 고백하는 걸 보면. 아이들의 부러움을 한 몸에 받으며 우쭐해진 요시후미 얼굴을 보는 것만으로도 참 좋았던 뒤표지. 이 책의 짝꿍 격인 그림책, 돌아가신 아빠에 대한 그리움을 담은 《아빠, 잘 있어요?》(하세가와 요시후미 글·그림, 고향옥 옮김, 사계절)도 함께 읽어보길 권한다.

가방이 삼켜버린 아빠, 치마가 뒤집어진 엄마

《우리 가족 납치 사건》
김고은 글·그림

나와 남편은 회사로, 아홉 살 큰애는 학교, 다섯 살 둘째는 어린이집으로, 이렇게 각자 목적지로 나서야 하는 바쁜 아침 시간. 서둘러 옷을 입히려는 내게 둘째가 눈을 동그랗게 뜨고 묻는다.

"엄마, 오늘은 어디에 가요?"

여름휴가 후유증인가? 갑자기 왜 이러실까?

"어딜 가긴…… 엄마는 회사에 가고, 너는 어린이집에 가지."

"싫은데, 수영장에 가고 쉬퍼요(오자 아니다, 정확한 발음이었다)."

침을 꿀꺽 삼킨다. 대답을 잘해야 한다. 이 순간을 어찌 넘기느냐에 따라 '웃으면서 출근하느냐, 짜증을 내면서 출근하느냐'가 결정되니까. 막내는 '막무가내'의 줄임말이라 믿는 나다. 내 한마디에 모든 것이 달렸다.

내가 만약 "안 돼, 어린이집에 가야 하니 빨리 옷 입어"라고 단호하게 말한다면? 안 봐도 비디오. 눈으로 시작해 귀까지 빨개지면서 "수영장에 가고 쉬픈데요" 하고 엉엉 울 게 뻔하다. 그러나 나는 '지혜롭고자' 하는 엄마니까, 지금이 바로 많은 육아책에서 마르고 닳도록 본 '아이 마음 읽어주기' 실전이 필요한 순간임을 안다.

"우리 막내, 수영장에 가고 싶은 모양이구나. 그런데 어쩌지? 지금은 엄마 · 아빠도 회사에 가야 하고, 언니도 학교에 가야 해. 그러니까 수영장은 다음에 꼭 가자."

"네."

에헤라디야. 한 번에 오케이라니! 감사 인사가 절로 나오는 출근길. 우리 막내에게도 '48개월의 기적'이 일어나는 걸까(내 주변엔 48개월만 지나면 애 키울 만하다고 믿는 이가 있다). 그런데 이게 뭔가.

10분도 채 되지 않아 좌절 모드로 급전환. 내 눈앞에는 거대한 콩나물시루 같은 지하철이 오고 있었다. 아, 정말 타기 싫다. 어찌하여 내 치마는 김

《우리 가족 납치 사건》
| 김고은 글·그림 | 책읽는곰(2015)

고은이 쓰고 그린 그림책《우리 가족 납치 사건》에 나오는 것처럼 훌러덩 뒤집히지 않느냔 말이다.

이건 우리 엄마·아빠 이야기야. 아빠가 회사에 가려고 막 지하철을 타려는 순간, 사람이 너무 많아 떠밀려 나자빠지고 말았대. 믿기 어렵겠지만, 그때 아빠 가방이 아빠를 꿀꺽 삼켜버렸다지 뭐야. 아빠는 회사에 가야 한다고 발버둥 쳤지만, 들은 척도 하지 않았대. 엄마도 그랬대. 출근을 하려는데 갑자기 치마가 훌러덩 뒤집혀 엄마를 보쌈하듯 싸안고 날아올랐다지 뭐야. 엄마도 아빠처럼 회사에 지각하겠다면서 발버둥을 쳤지만 소용없었대. 한참 만에 치마가 엄마를 내려놓은 곳은 아빠가 있는 바닷가. 둘은 훌러덩 벗은 채로 회사도 잊고 먹을 것도 실컷 먹고 잠도 쿨쿨 자고 신나게 놀았대. 거기에 학교에 있는 나까지 납치를 당해서……. 학교도, 학원도, 집도, 회사도 모두 잊은 우리

세 식구는 정말 실컷 놀았어. 그래도 별일 없었어.

단 한 번이라도 좋으니, 이런 말도 안 되는 일이 벌어졌으면 좋겠다고 생각하게 만드는 그림책이다. 그런데 책을 읽고 난 후 갑자기 궁금해졌다.

"다은이도 학교 가기 싫은 적 있었어?"

"응……. 요즘 구구단 외우는 거 싫어서 가기 싫어."

"그랬어? 그럼 너도 주인공 여자애처럼 수업 시간에 머리끈을 확 풀어버려. 그럼 풍선 바람이 빠지는 것처럼 머릿속에서 구구단이 줄줄 나오면서 휭 하고 바닷가로 가게 될지도 모르잖아."

"에이, 엄마! 그건 상상이잖아. 현실에서는 일어나지 않는다고."

웃자고 한 말을 이렇게 진지하게 받으면 엄마는 어쩌라는 거냐. 구구단을 처음부터 외는 건 곧잘 하는데, 갑자기 중간부터 떠올리는 건 어려워서 스트레스를 받았던 모양이다. 선생님이 구구단을 잘 못 외는 친구에게 2단부터 9단까지 세 번씩 써서 오라는 '엄청난' 숙제를 냈다며 흥분하는 아이. 그걸 들으면서 나는 엉뚱한 상상을 해본다.

'내가 회사에 가기 싫은 날이 있는 것처럼 아이도 정말 학교에 가기 싫은 그런 날이 온다면, 함께 땡땡이쳐보는 것도 나쁘지 않겠는걸? 뭐 하루쯤 어

때! 그림책 주인공들을 좀 봐. 딱 하루인데, 세상을 다 가진 표정이잖아.'

생각만으로도 좋다. 그날을 대비해 미리 계획을 세워야겠다. 하루가 아깝지 않게.

엄마의 하루 휴가, 온전히 아이랑 함께 보내기

주말 당직을 하면 평일에 하루를 쉴 수 있다. 한때는 '주말 당직 없는 세상'에 살고 싶었다. 아이들이 어린이집에 가기 시작하면서 마음이 바뀌었다. 평일에 온전히 나만을 위한 시간이 생긴다고 생각하니 '주말 당직 있는 세상'도 나쁘지 않았다. 그 황금 같은 휴가를 아이와 함께 보내는 데는 큰 결심이 필요하다. 하지만 안다. 아이가 나와 함께 온전히 하루를 보내는 그 시간을 얼마나 좋아하는지(라고 쓰지만 학교를 가지 않는 게 더 좋을지도 모른다). 엄마도 아이도 함께 에너지를 얻는 시간, 일탈이 필요한 이유다.

읽을수록 불편한, 딸이 좋은 이유

《딸은 좋다》
채인선 글, 김은정 그림

딸이 퇴근하는 시간에 맞춰 버스 정류장에 마중을 나온 엄마. 버스에서 내리는 딸을 반갑게 맞이하는 엄마와 그런 엄마가 못마땅한 딸. 엄마는 "옷 한 벌 사줄 테니 가자"고 딸의 손을 잡아끈다. 딸은 마지못해 가면서도 싫지는 않은 눈치다.

맘에 드는 옷을 골라 기분이 좋아진 딸. 딸의 옷값을 치른 엄마는 스치듯 남자 양복 한 벌을 눈여겨본다. "딱 한 벌 남은 양복"이라는 매장 직원의 말에 엄마는 딸에게 말한다. "오빠 거 하나 사게 카드 좀 빌려줘." 딸은 그런 엄마에게 "이거 내가 산 옷보다 비싼 거잖아. 내가 이럴 줄 알았어" 하고 쏘아붙인다. 기분이 상한 딸은 엄마가 사준 옷을 가게에 그대로 두고 나온다.

'뭐지? 이 익숙한 모습은? 이거 딱 우리 엄마랑 내 이야기잖아?'

KBS 주말드라마 〈부탁해요, 엄마〉의 한 장면이다. 짐작하겠지만 이런 엄마와 딸이 친해지기는 쉽지 않다. 엄마와 내가 그렇다. 우리 사이에는 늘 오빠라는 벽이 있었다. 그래서인지 엄마가 등장하는 그림책을 아이와 함께 읽을 때면 불편할 때가 많았다. 채인선이 쓴《딸은 좋다》라는 그림책을 읽어줄 때 특히 그랬다. 나는 좋은 딸이 아닌데 자꾸 "딸은 좋다"고 말해야 하니까.

딸은 좋다. 딸을 안고 나가면 "엄마 닮아 웃는 것도 예쁘네요"라며 사람들이 다 알아보니까.

나는 아니었다. 일찍 결혼한 엄마는 한눈에 봐도 젊고 예뻤다. 엄마 닮았다는 말을 들으면 '엄마는 예쁘고 난 그렇지 않은데 뭐가 닮았다는 거지?' 싶어 화가 났다. 놀리는 것 같아서.

딸은 좋다. 예쁜 옷을 많이 입힐 수 있으니까.

나는 아니었다. 나 어릴 적 엄마는 돈 버느라 바빴다. 딸 키우는 재미 같은 게 있어 보이지 않았다. 예쁜 옷을 입은 기억이 별로 없으니까. 긴 머리보다 짧은 머리. 구두보다 운동화. 치마보다 바지를 입을 때가 더 많았다. 그 때문일까? 딸 둘을 키우면서도 아이들 옷 고르는 일은 매번 어렵다. 내 눈에 예쁘다 싫으면 "그건 남자애 건데요"라는 소리를 듣는다. 있던 의욕도 사라진다.

딸은 좋다. 엄마를 졸졸 따라다니며 "내가 해줄게요" 하니까.

나는 아니었다. 아주 어려서는 기억에 없으니 그랬는지 모르겠지만, 중·고등학교에 다닐 무렵부터는 엄마가 하라는 건 괜히 싫었다. 특히 "오빠 밥 차려주라"는 말이 제일 싫었다. "오빠는 손이 없어, 발이 없어? 알아서 먹으라고 해." 내 뻔한 대꾸에도 엄마는 포기하는 법이 없었다. 그만큼 엄마와 나 사이도 멀어졌다.

딸은 좋다. 엄마에게 화를 내고 한순간도 못 되어 "엄마, 미안해요" 쪽지를 쓰니까.

나도 엄마에게 그런 쪽지를 쓰긴 썼다. 엄마가 소중하게 보관하는 일이 없었을 뿐. 화장대 한 귀퉁이에서 꼬깃꼬깃한 채로 버려진 내 쪽지를 발견하는 일은 그리 유쾌하지 않았다. 그때부터였던 것 같다. 엄마에게 뭔가 쓰는 걸 중단한 건. 웃긴 건 애 키워보니 나도 그렇게 되더라는 거다.

딸은 좋다. 아기를 낳아 엄마가 되어볼 수 있으니까.

내가 엄마에게 가시 돋친 말을 할 때마다 엄마는 말했다.

딸은 좋다.
딸을 안고 나가면
사람들이 다 돌아본다.
딸이 보조개를 지으며 웃으면
"엄마 닮아 웃는 것도 예쁘네요."
하고 말한다.

《딸은 좋다》 | 채인선 글 | 김은정 그림 | 한울림어린이(2006)

"너 닮은 애 낳아서 키워봐라, 그래야 엄마 마음 알지."

그 말을 들을 때마다 속으로 생각했다. '나 닮은 애가 어때서?' 다짐했다. 아들은 절대 낳지 않겠다고.

엄마는 말한다. 깨물어서 안 아픈 손가락 있겠느냐고. 엄마에게 내가 아픈 손가락이었는지는 잘 모르겠다. 그런 걸 느껴본 기억이 별로 없다. 그래서인지 내 속에 있는 따뜻하고 정감 있는 마음을 엄마에게 전하지 못할 때가 많다. 고운 말보다 아프고 거친 말이 앞선다. 그래서 엄마에게 "아이를 둘이나 낳고 직장 생활하며 아등바등 살면서도 왜 엄마 마음을 몰라주느냐"는 소리를 듣는다. 습관은 무섭다. 사람은 변하기 어렵다. 내가 그렇다.

그런데 엄마는 아니다. 엄마의 사랑이 부족하다고 늘 툴툴대는 내게 엄마는 한결같다. 딸이 직장에 나간 사이 손주들을 돌보고, 늦게 퇴근해 돌아올 딸을 위해 저녁을 준비한다. 늦게 퇴근해서 9시가 다 되어서야 마주한 따뜻한 저녁 밥상. '엄마가 있어 다행이다' 싶으면서도 "반찬이 좀 짜네"라는 말 한마디가 습관처럼 튀어나온다. 아차 싶어 엄마 눈치를 살핀다. '내 딸이 이러면 참 속상하겠다' 생각하며.

친정엄마 생각나는 그림책

다윤이를 돌보는 동안 엄마는 초등학생이었다가 중학생이었다가 고등학생이 되었다. 늦게 공부를 시작하셨기 때문이다. 배움의 기회가 적었던 엄마는 언젠가 때가 되면 다시 공부를 시작해야지 하셨다. 손주를 키우면서 엄마는 용기를 냈다. 83세에 초등학생이 된 김간난 할머니가 등장하는 《할머니는 1학년》(김인자 글, 조미애 그림, 내인생의책)을 읽으며 엄마 생각이 난 이유다. 《할머니의 여름휴가》(안녕달 글·그림, 창비)를 보면서는 아이들과 여름휴가를 간 바닷가에서 아이처럼 좋아하던 엄마 얼굴이 떠올랐다. 우리 다윤이처럼 콩나물을 좋아하는 지은이가 등장하는 《할머니 엄마》(이지은 글·그림, 웅진주니어)를 읽으면서는 이 시대의 고단한 직장맘들을 든든히 받쳐주고 있는 친정엄마들이 생각났다. 엄마는 올해 고등학교를 졸업했다. 그 어려운 걸 엄마가 해냈다.

음식물 쓰레기 모으는 엄마, 왜 그랬을까

《할머니에겐 뭔가 있어!》
신혜원 지음

"엄마, 이건 무슨 나물이야? 맛나네."
"지난가을에 뜯어다 말려둔 나물이지. 이렇게 맛있는 줄 알았으면 좀 더 뜯어서 말릴걸."
"엄마, 이건 민들레지? 우리 형님도 이렇게 무쳐 드시던데. 통풍에 좋다면서."
"그렇지, 이것도 지금밖에 못 먹어. 조금만 지나면 풀이 억세지니까."

내가 퇴근해 집에 올 때까지 아이들을 봐주시는 친정엄마 덕에 저녁 메뉴 걱정을 잊은 지 오래다. 누가 "거긴 요즘 반찬 뭐 해 먹고 살아?" 물으면 주지 없이 "엄마가 해주는 대로" 한다. 생각할수록 감사한 일이다. 하루는 너무 기운이 없어 퇴근길에 "엄마, 오늘은 고기고기 반찬" 하고 문자를 보냈더니, 묻지도 않고 "오냐" 하신다.

집에 가니 제육볶음 외에 나물 반찬이 두어 가지 올라와 있다. "애들이 어찌나 이 나물을 잘 먹는지…… 이거에다 밥 다 먹었다"라는 엄마 자랑이 쏟아진다. 지난가을에 뜯어다 말린 나물인데, 더 말려놓지 못해 아쉽다는 말까지. 그러면서 고기만 먹지 말고 정체불명(?)의 잎을 싸 먹으라고 내민다. 쌉싸래한 게 딱 봄에만 느낄 수 있는 맛이다.

"이건 또 무슨 풀이야?"

"그거 구기자 잎. 텃밭에 심은 건데 참 맛있다 야. 이것도 지금 아니면 못 먹어. 엄마도 이거에 싸서 저녁 먹었어."

생각해보니 몸에 좋은 음식은 다 엄마 덕에 먹을 수 있었다. 직접 기른 유기농 상추며 풋고추, 호박, 깻잎, 가지, 열무 등등. 이게 다 매년 초여름이면 블루베리 수확까지 할 수 있는 2평 남짓한 엄마의 텃밭 때문이다. 거기에 '돈 주고도 못 산다'는 엄마표 된장부터 마늘고추장, 조선간장, 청국장 양념까지.

모두 엄마 손을 거쳐 나오는 귀한 식재료들이다. 물론 잘 정리되지 않은 엄마 집 냉장고를 볼 때면 한숨이 나올 때도 있다. 그렇지만 대체 이것들이 다 어디서 난 것인지 궁금할 때가 더 많았다. 《할머니에겐 뭔가 있어!》 주인공처럼.

'작고 예쁜 달걀 한 알, 고소하고 짭조름한 나물, 하얀 눈송이 같은 옥수수 뻥튀기, 미끌미끌 고소한 땅콩, 쫀득쫀득 달콤한 곶감.' 할머니는 이걸 다 어디서 사는 걸까? 수상하고 궁금한 마음에 자꾸 물어도 할머니는 알 수 없는 말들만 했어.

답답한 마음에 할머니 뒤를 졸졸 따라다녀 봐도 "사긴 이런 걸 어디서 사?", "사고 싶어도 못 사"라는 소리만 들었지. 사지도 않는데 할머니 집에는 왜 먹거리들이 넘쳐나는 걸까? 할머니에게는 정말 뭔가 특별한 능력이라도 있는 걸까?

지난해 엄마와 주말농장을 하며 겪은 일이 자연스레 떠올랐다. 세 고랑쯤 되는 공간에 방울토마토며 옥수수, 오이, 가지, 고구마, 조 등등을 조금씩 심었다. 주말농장이 집에서 꽤 떨어져 있어 자주 가보지 못했지만, 날이 추워지기 직전까지 소소하게 수확한 것들을 먹을 수 있었다.

엄마가 부지런히 오가며 세세하게 농작물들을 살핀 덕분이다. 손녀들에게 싱싱한 거 하나라도 더 먹인다면서. 방울토마토 한 바구니를 앉은자리에서 해치우던 아이들 모습을 뿌듯하게 바라보던 엄마 눈빛이 유난히 밝아 보였다.

그렇지만 주말농장 노동은 생각보다 고됐다. 엄마는 음식물 쓰레기 하나도 허투루 버리지 않고 모았다가 퇴비로 썼다. 쌀뜨물도 모아 밭에 뿌렸다.

《할머니에겐 뭔가 있어!》 | 신혜원 지음 | 사계절(2014)

사서 쓰는 퇴비보다 훨씬 좋다면서. 도와주지는 못할망정 "귀찮게 뭐 하러 그러냐"고 툴툴대면서도 엄마가 밭에서 거두는 건 잘도 받아먹었다. 우리 아이들 눈에도 '뭔가 있는 할머니'로 보였을 거다. 그런 엄마에게 최근 걱정이 하나 생겼다.

"우리 집 이제 정말 새로 지을 건가 보다. 재건축 담당자가 또 사인을 받아 갔어. 텃밭 참 좋은데……. 채소 비용 하나도 안 들고 무공해로 먹을 수 있고. 집 공사 들어가면 아쉬워서 어쩐다니?"

그렇게 되면 왠지 엄마보다 내가 더 서운할 것 같다. 그런데 우리 딸은 할머니네 집이 좀 멀었으면 좋겠단다. "놀러 갈 수 있잖아"라며.

"그래도 친할머니도, 외할머니도 모두 가까운 데 사시니까 자주 보고 더 좋지 않아?"

"아니, 그래도 멀었으면 좋겠어. 놀러 가는 게 더 좋아."

미안하지만 딸, 엄마는 지금이 딱 좋다.

한 번쯤은 주말농장

뭐 키우고 가꾸는 데 재주가 없다. 그냥 두면 알아서 큰다는 산세비에리아도 시들시들 죽게 한 게 나다. 열대어 거피도, 햄스터도 여러 마리 하늘로 보냈다. 그래서 웬만해서는 뭘 키우려고 하지 않는 편이다. 엄마가 아니었으면 주말농장은 시작도 하지 않았을 거다.

그런 나를 자극한 그림책이 있으니 바로 《어린 도시농부 소피》(제르다 뮐러 글·그림, 이효숙 옮김, 내인생의책)다. 채소를 직접 키우고 수확하는 과정을 통해 아이들 스스로 배우는 것이 많다는 걸 알게 해서다. 소피의 농사 이야기뿐만 아니라 꽃이 어떻게 열매를 맺는지, 우리가 먹는 브로콜리가 꽃이라는 사실도 자연스레 알게 된다. 이래저래 아이들과 나눌 수 있는 이야깃거리가 많은 그림책이다.

근데 너무 짧아, 행복의 순간은

《행복》
마르쿠스 피스터 글·그림

혼자 기차에 올랐다. 목적지는 전북 부안 내소사. 아이 둘을 학교와 어린이집에 보내고 오로지 나 혼자 결행한 당일치기 여행. 집-회사, 회사-집이 아닌 이런 시간이 얼마 만인지.

무궁화호 3호차 좌석 59번. 몇 번이나 전자티켓을 확인해봤다. 혼자라는 것도, 기차가 연착된다는 안내 방송도 별문제가 되지 않았다. 아직은 쌀쌀한 날씨, 따뜻한 카페라테까지 한 잔 사서 여행 떠나는 기분을 맘껏 냈다. 기차 타고 남쪽으로 가는 길. 이제 막 봄이 찾아온 들판을 찍어 친한 언니들 단톡방에 올렸다.

"봄맞이 하러 가는 길, 봄이 올라오고 있삼."

"뭐야, 황량한데? 그래도 부러운 뇨자(여자)."

언니들의 뜨뜻미지근한 반응도 상관없었다. 내 마음속 봄은 이미 오고 있었으니까. 생각해보니 문득 모든 게 감사한 일이었다. 이렇게 혼자만의 시간을 가질 수 있는 것도, 갈 곳이 있다는 것도, 거기서 만날 사람이 있다는 것도.

그날의 '나홀로 여행'이 새삼 떠오른 건 '행복이 뭐 별건가?' 하는 당연한 진리를 일깨워주는 그림책 《행복》 때문이다. 《무지개 물고기》로 유명한 작가 마르쿠스 피스터가 글을 쓰고 그림도 그렸다.

조와 레오는 단짝 친구. 어느 날 조가 레오에게 물었어.

"너, 행복이 뭔지 알아?"

"그게 뭐야?"

조는 레오에게 말했어. 겨울 하늘에 날리는 하얀 눈송이를 먹는 거, 허공에 떠다니는 보드라운 깃털을 지켜보는 거, 이런 게 다 행복이라고. 그러자 이번엔 레오가 조에게 말했어.

"주머니 속 치즈 조각을 발견하는 것도 행복이지?"

《행복》 | 마르쿠스 피스터 글·그림 | 안온 옮김 | 파랑새어린이(2015)

조는 이야기를 계속 이어갔어. 민들레 홀씨를 날려보는 것도, 콧등에 내려앉는 따뜻한 햇살을 느끼는 것도 다 행복이라고. 그리고 마지막으로 조와 레오가 동시에 외쳤지. "친구와 함께 연을 날리는 것도 행복이야"라고. 아, 좋은 친구가 곁에 있는 것. 그 행복을 어디에 비할까.

2시간 30분 기차를 타고 달려간 내소사. 절 입구까지 소박하게 펼쳐진 전나무 숲길을 천천히 걸었다. 비가 온 후라 나무들이 뿜어내는 향이 짙었다. 이 길부터는 나를 "최 자매"라고 부르는, 아는 언니와 동행했다. 떠나는 건 혼자 해도, 혼자 걷는 건 외로우니까. 둘이 함께 걸은 그 길, 진심으로 좋았다. '행복이 뭐 별건가, 좋은 사람이랑 이렇게 걷는 게 행복이지' 싶은 마음이 절로 드는 순간이었다.

그때, 잊고 지냈던 소소하게 행복했던 순간들이 펼쳐졌다. 나는 행복했다. 남편과 아이가 똑같은 자세로 자고 있을 때, 흔한 재료로 뚝딱 만들어낸 반찬을 먹으며 "또 달라"는 아이들을 볼 때. 나는 행복했다. 아이들 일찍 재우고 남편이랑 예능 삼매경에 빠져 있을 때, 아이들이 자연 속에서 놀이 방법을 찾아 시간 가는 줄 모르고 놀 때. 나는 행복했다. "엄마가 제일 좋다"는 소리를 들을 때, "엄마가 제일 예쁘다"고 할 때, 낮이고 밤이고 기분 좋게 자고 일어나 크게 웃어줄 때. 생각해보면, 특별해서가 아니라 평범할 때 더 행복했다.

우리 아이들은 어떨까? 책을 읽어주던 아빠가 아이들에게 물었다.

"너희들은 언제가 행복해?"
"〈아이엠스타〉 볼 때요."

다섯 살 둘째가 신나서 말한다. 그런데 고작 만화영화를 볼 때 행복하다니! 아홉 살 큰아이는 그래도 "엄마 · 아빠랑 놀 때 제일 행복하다"고 했는데……. 이번엔 내가 남편에게 물었다.

"다다 아빠는 언제 행복해?"
"지금 이 순간."
"응?"
"근데 너무 짧아. 행복의 순간은."

그렇다. 짧다. 짧아도 너무 짧다. 그러니 아웅다웅 살지 말자. 행복도, 인생도 별거 없으니 지금 이 순간을 충분히 누리며 살자. 그리고 한 가지, 조와 레오처럼 행복한 순간을 나눌 만한 친구가 있으면 더할 나위 없겠다.

악역 없는 만화, 아이엠스타

"아이엠스타 아이엠스타." 아이돌이 꿈인 아이들이 평형대를 걸으면서 구호를 외친다. 만화 〈아이엠스타〉 시즌 1의 한 장면이다. 여자아이를 키우는 엄마들이라면 모르는 프로그램은 아닐 거다. 다은이가 이 만화에 빠져 있을 무렵, 우연히 함께 몇 편을 보게 되었는데, 〈캔디 캔디〉 〈빨랑머리 앤〉을 보고 자란 내게는 '신세계'였다.

보통 만화영화에는 주인공에게 시기 질투하는 경쟁자가 있기 마련인데, 여기는 모두가 서로에게 조력자다. 서로 최고가 되기 위해 최선을 다해 노력하고, 힘들 때 위로를 해주고 힘이 되어주는 친구들. 이게 요즘 트렌드인가? 이런 친구들이 등장하는 만화라면 얼마든지 봐도 좋겠다. 만화에 대한 편견을 깨준 〈아이엠스타〉, 아이들과 함께 보세요.

때리는 사람이 제일 좋다는, 가슴 철렁한 고백

《우리 언니》
샬로트 졸로토 글,
마사 알렉산더 그림

"언니, 사과 먹을래?"
"응."
"그럼 나 한 개밖에 못 먹는데…… 그냥 내가 먹을래."
"뭐야? 야, 그럼 말을 하지 말 것이지. 왜 물어보냐?"

잘 있다가 싸운다. 하루에도 몇 번. 이러고 싸운다. 정말 별것도 아닌 일로 싸운다. 자매니까 싸우는 건가? 아니다. 자매가 아닌 나도 오빠랑 하루에 몇 번씩 싸웠다. 정말 별것도 아닌 일에 목숨(?) 걸고 매일 싸웠다. 이제 와서 고백하건대, 싸움의 원인 제공은 내가 더 많이 한 것 같다. 오빠한테 지기 싫었으니까. 오빠는 다 잘하는데 나는 그러지 않아서. 그래서 오빠에게 태클을 걸었더랬다.

우리 둘째도 그렇다. 언니 것이 늘 좋아 보이고, 언니가 하는 건 저도 다 하고 싶고, 갖고 싶고. 마음대로 안 되면 울고불고한다. 그럴 때면 속상한 첫째도 덩달아 울기 시작한다. 누구 편을 들 수도 없어 난감할 때가 한두 번이 아니다.

남편이 외출하고 여자 셋이 자려고 한 침대에 누운 어느 주말. 둘째가 가슴 철렁한 고백을 한다. 그것도 갑자기, 기습적으로.

"(울먹거리며) 엄마, 난 필요 없는 아이잖아."

"(깜짝 놀라) 그게 무슨 소리야."

"엄마는 늘 언니 편만 들고 나만 혼내고……. 내가 하고 싶은 건 늘 안 된다고 하고. 빨리빨리 밥 안 먹는다고 하고. 또 언니는 내가 하고 싶은 거는 늘 못 하게 하고. 언니는 잘하는데 난 못하는 게 많고……."

"아냐, 그렇지 않아. 위험한 거 하려고 하니까 하지 말라고 하는 거고, 또 네가 밥을 늘 여기저기 돌아다니면서 먹으니까 빨리빨리 먹으라고 한 거지. 또 언니가 하지 말라고 아무리 말해도 들은 척도 하지 않고 계속하니까 언니가 못 하게 하는 거고, 네가 못하는 건 당연하지. 넌 이제 하나씩 배우면 되는 거야. 그렇다고 네가 필요 없는 아이는 아니야. 얼마나 소중한 아이인데 왜 그렇게 생각해."

"그래도 저번에 나 책 읽어달라고 했는데 안 읽어줬잖아. 방에 혼자 있었는데도 안 와주고. 엄마는 내 마음도 몰라주고."

"아, 그때 엄마가 밥 먹고 읽어준다고 했잖아. 엄마가 퇴근할 때 1시간이나 서서 와서 너무 힘들다고 미리 말했는데, 그래도 속상했구나? 다음에는 꼭 네 마음도 알아줄게. 네가 얼마나 소중한 딸인데……."

"(마음이 조금 누그러진 것 같은 표정) 근데 엄마, 왜 자꾸 소중하다고 그래?"

"엄마한테 소중한 딸이 필요 없는 아이라고 생각하는 게 속상해서."

아이들은 돌려 말하는 법이 없다. "화장실 갔다 올게" 하면 될 일을 굳이 "엄마, 나 똥 싸고 올게" 한다. 나는 진짜 그저 코 주변을 만졌을 뿐인데, "엄마도 코 파?" 하고 묻는다. 그래도 그렇지. "난 필요 없는 아이"라니. 이건 좀 심하다. 관심 끌기용 발언일까, 진짜 속마음일까.

그러면서 든 생각. '언니 말이라면 자다가도 벌떡 일어나니 큰아이가 동생에게 조금만 더 상냥하게 해주면 어떨까.' 그러면 내가 만날 "안 돼" 할 일도, 둘째가 서운할 일도 좀 줄어들지 않을까? 부모가 개입하지 않고도 너희 둘이 좀 소중한 관계라는 걸 알았으면 좋겠는데……. 다자매야, 너희들은 그림책 《우리 언니》를 읽으면서 뭐 느끼는 게 없니?

어느 마을에 다정한 언니와 동생이 살았어. 언니는 늘 동생을 지켜봤지. 줄넘기를 할 때도, 자전거를 탈 때도, 학교에 갈 때도 늘 동생을 챙겼어. 동생은 뭐든 잘하는 언니가 부러웠어. 같이 놀다가 동생이 울면 언니는 손수건을 내밀면서 따뜻하게 말했어.

"자, 흥 하고 코 풀어." 그러던 어느 날 동생은 혼자 있고 싶었어. 언니의 잔소리가 듣기 싫었거든.

동생은 언니 몰래 밖으로 나갔어. 달리고 달려 숲 속 데이지 꽃밭 속에 웅크리고 앉았지. 멀리서 언니 목소리가 들렸지만, 입을 꾹 다물었어. 한참 후에야 레몬주스와 과자가 먹고 싶어졌지. 그제야 동화책을 읽어주겠다던 언니 말이 생각났어. "여기 앉아", "저리로 가야지." 언니가 항상 하던 잔소리도 떠올랐어.

그때 언니 목소리가 가깝게 들렸어. 한참 동생을 찾던 언니가 주저앉아 울음을 터뜨렸어. 하지만 엉엉 우는 언니를 따뜻하게 안아주거나, 손수건을 건네는 사람은 없었지. 동생은 일어나 언니에게 갔어. 그리고 말했지. "자, 흥 하고 코 풀어." 언니는 동생이 시키는 대로 했어. "걱정했어"라는 언니 말에 동생은 "이제 걱정하지 마"라고 말해. 언니는 알았을까? 동생도 알았을까? 서로가 얼마나 소중한 존재인지.

이들 자매처럼 우리 다자매님들은 서로 소중한 사람이라는 걸 왜 모르나 싶었는데, 둘째도 알긴 아는가 보다. 이런 퀴즈를 맞혀보라고 하는 걸 보면. 그런데 왜 이렇게 웃픈 거지?

"엄마 · 아빠, 내가 제일 좋아하는 사람이 누구게?"

"아빠."

"엄마."

"아닌데?"

"그럼 누구?"
"그럼 내가 힌트 줄까?"
"그래."
"나 때리는 사람."
"언니구나?"
"딩동댕."

그래도 때리는 언니가 제일 좋아하는 사람이라는 건 뭔가 아이러니하다. 하긴 그런 거겠지. 밉다가도 좋고, 좋다가도 미운 게 가족이겠지. 계속 좋기만 하고 계속 밉기만 하면 오히려 더 이상하지 않을까? 세상에서 가장 만만하고도 소중한 사람, 그런 게 가족이라는 걸 아이들도 살면서 차차 알게 되겠지. 클 때는 엄청 싸웠는데, 결혼하고 애 낳으니까 참 좋더라는 주변 자매들 증언은 괜한 게 아닐 테니까.

언니는 나를 싫어해

버스를 타고 도서관에 가는 길. 옆자리에 앉은 둘째가 갑자기 "언니는 나 안 좋아해" 한다. 언니한테 자길 좋아하는지 싫어하는지 물어봤는데, 싫다고 했다는 거다. 둘째 말만 들어서는 믿기 힘든 이야기.

"그럴 리가. 네가 잘못 안 걸 거야. 언니가 네 생각 얼마나 많이 하는데……."

아이는 나에게 보란 듯이 언니 옆자리로 가 얼굴을 언니에게 바짝 들이댄 채 묻는다.

"그럼 지금 다시 물어볼게. 언니, 나 좋아해?"

큰아이는 말이 없다. 그저 귀찮다는 표정.

"거봐, 나 싫어하잖아."

"대답하지 않는다고 싫어하는 건 아니지. 언니가 표현력이 좀 약하잖아."

그날 밤 큰아이와 잠을 자려고 누웠을 때 물었다. 왜 아무 대답도 하지 않았느냐고 하니 "싫을 때도 있고 아닐 때도 있으니까"란다. 그럼 그렇게 말해주지 그랬느냐니까 그냥 말하기 싫었단다. 동생에게 조금만 사랑을 표현해주면 좋을 텐데 엄마는 참 그게 아쉽다. 아니면 벌써 사춘기, 그분이 오신 건가?

"공부 못하면 저렇게 된다"는 당신, 이걸 모르셨군요

《누가 집을 지을까?》
구본준 글, 김이조 그림

가정환경 조사가 있던 어린 시절, 나는 그 수많은 빈칸 가운데 아버지의 직업을 쓰는 게 제일 어려웠다. 회사원, 공무원, 은행원, 자영업……, 많고 많은 직업 가운데 아버지가 하는 일과 딱 맞는 걸 고르기가 힘들었기 때문이다.

아버지는 늘 새벽에 나가 저녁에 들어오셨고, 벗어놓은 옷에서는 모래나 시멘트 가루 같은 것이 날렸다. 또 가방에는 어디에 쓰는지 모를 연장들이 마구 뒤섞여 있었다. 여름에는 비 오는 날만 빼고 거의 일을 하셨고, 겨울에는 일하는 날보다 쉬는 날이 많았다.

'이런 직업이 뭐람?' 고민하고 있을 무렵, 두 살 많은 오빠가 말했다. "아버지는 집 짓는 일을 하시니까 그냥 건축가라고 써." 그 후 아버지의 직업은 '대외적'으로 건축가였다. 머리가 제법 굵어진 나중에야 공사장 인부에 가깝다는 사실을 알게 됐지만. 그렇더라도 아버지 직업이 '건축가'인 건 변하지 않았다. 뭐든 폼 나 보이는 게 좋은 때였으니까.

뜬금없이 옛날 기억을 들추는 건, 고(故) 구본준 한겨레신문 기자가 쓴 《누가 집을 지을까?》를 읽어서다.

책은 주인공 재모네 집이 실제 어떤 과정을 통해 지어지는지, 그 과정에서 어떤 사람들이 필요한지 소개한다. 이때 공사장 인부들과 재모가 나누는 대화가 참 인상적이었다.

"아저씨, 그 타일은 왜 붙이는 거예요?"

"화장실은 물을 많이 쓰는 곳이잖니? 타일을 제대로 붙이지 않으면 물이 스며들어서 집이 썩을 수 있거든."

"타일이 정말 반듯반듯하게 붙어 있네요. 아저씨는 달인 같아요."

"달인이 한 수 가르쳐줄까? 이 파이프가 뭔지 아니? 이건 네가 세수할 물이 나오는 파이프, 저건 네가 눈 똥을 내려보내는 물이 나오는 파이프지."

"집 안에 이렇게 파이프가 많아요? 우리 집엔 하나도 없는데?"

"다 벽 속에 감춰놔서 그렇지, 파이프가 없는 집은 없단다. 파이프를 설치하고 타일

《누가 집을 지을까?》 | 구본준 글 | 김이조 그림 | 창비(2014)

을 붙여야 욕실이 완성되지. 내 덕분에 네가 깨끗이 씻을 수 있는 거야."

아저씨들은 다들 자기 덕분에 집이 완성된다고 자랑했지. 재모는 웃음이 나왔어.

벽돌을 쌓아 올려 집의 뼈대를 만드는 일을 했던 아버지도 이랬을까? 다 지어진 집을 보고 '내 덕분에' 이렇게 멋진 집이 완성됐구나, 생각했을까? 아버지 '덕분에' 완성된 집은 어디에 몇 채나 될까? 그 집에는 어떤 사람들이 살고 있을까? 아버지 생전에 단 한 번도 궁금해본 적 없는 질문들이 재모와 아저씨의 대화를 읽으며 꼬리에 꼬리를 물었다. 좀 더 일찍 관심을 갖고 물어보지 못한 게 살짝 후회가 될 만큼.

하나의 집이 완성되기까지는 수많은 공정이 필요하다. 이 말은 곧 수많은 사람의 손을 거친다는 말이다. 이 책에 등장하는 사람들만 해도 건축가, 현장소장, 공사장 인부(콘크리트 기술자, 목재 기술자 등 여러 기술자), 인테리어 디자이너, 조경사 등 다수다. 저자는 '건축가'라는 그럴듯한 이름을 가진 사람뿐만 아니라 그들을 든든히 받쳐주며 '내 덕분에' 집이 완성된다고 자부

하는 공사장 인부들의 일까지 하나의 직업으로 소개하고 있다.

"엄마는 이 책이 그렇게 재미있어?"라는 소리를 아이에게 들을 만큼 이 책을 자꾸 펼친 건 저자의 이런 따뜻한 시선이 좋아서다. 적어도 이 책을 읽는 사람은 땀 흘리며 묵묵히 일하는 공사장 인부들을 가리키며 "공부 못하면 저렇게 된다!"는 말은 하지 않겠지.

동물들은 어떻게 집을 지을까?

사람 사는 집은 어떻게 만들어지는지 대강 알겠는데 동물들은 어떻게 집을 지을까? 우리 아이가 혹시 동물원을 동물들의 집이라고 알고 있지는 않을까? 《뚝딱뚝딱 동물 건축가들》(다니엘 나사르 글, 훌리오 안토니오 블라스코 그림, 변선희 옮김, 다림)은 그에 대한 궁금증을 풀어줄 책이다.

개미와 벌, 새와 거미 등 우리가 흔히 보고 지나치는 동물들의 집이 어떻게 만들어지는지에 대한 내용이 자세히 담겼다. 알을 보호하기 위해 거품 집을 짓는 아프리카 청개구리 등 동물마다 얽힌 집에 대한 사연도 재미있다. 동물 건축가들의 발자국으로 꾸민 건축가 서명란을 확인하는 재미도 쏠쏠하다.

6장

아빠도 아빠가 처음이란다

'딸바보'
모르는 딸, 아빠가
알면 서운하겠다

《도도, 싹둑!》
고아영 글·그림

딸바보 아빠에 대한 그림책을 읽다가 툭 튀어나온 이야기 하나.

"딸, 너 딸바보가 뭔지 알아?"

"아니, 몰라."

"딸을 무척 아끼고 사랑하는 아빠 같은 사람을 부르는 별명 같은 거야."

"그래?"

"네 아빠가 딱 '딸바보'잖아. 그렇게 느낀 적 없어?"

"글쎄……."

"뭐? 아빠가 알면 엄청 서운하겠다."

"잠시만 좀 생각해보고……. 밖에서 배드민턴 경기를 할 때?"
"뭐? 겨우 고작 그 정도야?"

다은아, 잘 들어. 너희 아빠가 어떤 아빠인지, 엄마가 이제부터 자세히 들려줄 테니.

네가 엄마·아빠에게 온 걸 처음 알았을 때, 아빠는 종일 일이 손에 잡히지 않는다고 했어. 어찌나 좋은지 말이야. 입덧이 심해 16주가 되도록 양변기와 한 몸이 되다시피 했던 엄마 옆에는 늘 아빠가 있었지.

그리고 네가 태어난 이후 아빠는 한 번도 너의 외모를 평가한 적이 없어. 무조건 예쁘다고만 했지. 엄마는 솔직히 좀 아니었는데 말이야. 그뿐인 줄 아니? 대부분 아이가 태어나면 아빠와 다른 방을 쓰게 된다고 하던데(다음 날 출근하는 아빠를 위한 배려라고 해), 아빠는 엄마 옆에서 널 계속 돌봤단다. 엄마 혼자 힘들게 할 수 없다면서. 네가 나중에 아이를 낳게 된다면 이게 얼마나 큰 감동인지 알게 될 거야.

새벽에 네가 깨서 울면 달래고, 온종일 혼자 널 보느라 지친 엄마는 그냥 자게 두었지. 그러곤 팔이 저리도록 널 안아서 재운 게 아빠야. 아빠도 회사에서 일하느라 피곤했을 텐데 말이지. 매일매일 퇴근해 집에서는 육아에 지친 엄마를 배려해준 것도 네 아빠고.

정말이냐고? 어느덧 9년 전 일이라 엄마도 기억이 가물가물해서 육아일기까지 찾아보지 않았겠니. 일기 내용마다 '네 아빠는 정말 최고'라는 표현이 자주 등장하는 걸 보니 확실해. 아빠가 있어서 엄마는 정말 든든했어.

이게 다가 아냐. 네 목욕은 돌이 될 때까지 아빠가 거의 전담하다시피 했고, 집에서 재택근무하는 엄마에게 늘 힘과 용기를 준 것도 아빠란다. 네가 20개월 때부터 어린이집에 갔으니까 그때부터 지금까지 매일 너를 어린이집과 학교에 데려다준 것도 아빠야. 네가 참여하는 각종 행사에 빠진 적도 없었지. 심지어 엄마도 시간이 없어 못 간 방과 후 수업 공개수업까지 간 '딸바보'가 바로 네 아빠라고.

물론 아빠 회사가 집과 가까운 이유도 있지만, 가깝다고 다 그렇게 하는 건 아니란다. 세상에 '딸바보 인증'이란 게 있다면 그건 당연히 아빠 몫일 거야. 그런데 기껏 배드민턴 할 때 정도라니, 내가 다 서운하려고 한다. 어머, 그런데 그림책《도도, 싹둑!》에도 아빠만큼 딸을 위하는 딸바보가 있네?

엄마의 단발머리가 예뻐 보였던 도도. 도도는 가위를 들고 머리를 자르기 시작했어. 하나도 어려워 보이지 않았거든. 그런데 웬걸. 자를수록 양쪽 머리 길이가 잘 맞지 않는 거야. 결국 엄마와 미용실에 간 도도는 파마도 해보지만 완성된 머리가 마음에 들지 않았어. 이날따라 집에 가는 길은 왜 그렇게 먼지. 집에 온 도도는 뭘 해도 기분이 나아지지 않았어. 도도의 이런 마음을 알 리 없는 아빠는 퇴근하고 집에 와 "너, 머리가 왜 그래?" 하고 크게 웃었어. 속상한 도도는 결국 울음을 터뜨렸지. 미안한 마음이 든 아빠는 "머리를 이렇게 만든 미용실 주인을 혼내줘야겠다"면서 도도를 달래줬어. 항의하러 미용실에 간 아빠는 이미 문이 닫힌 미용실 앞에서 큰 소리로 외쳤어. "애 머리가 이

《도도, 싹뚝!》 | 고아영 글·그림 | 사계절(2013)

게 뭐요? 우리 딸이 얼마나 예쁜데, 이제 어떡할 거냐고! 책임져요"라고. 도도는 얼굴이 화끈거릴 만큼 창피했지만, 웃음이 났어. 아빠와 함께 자전거를 타고 돌아오는 길, 도도는 아빠를 꼭 안았어.

도도 아빠를 보며 네 아빠 생각이 나서 슬며시 웃음이 났어. 아빠라면 충분히 이러고도 남을 것 같았거든. 아니지, 아빠라면 머리 자른 것도 예쁘다고 했겠다. 너는 요즘 네 동생이 아빠 사랑을 독차지하고 있다고 생각할지 모르겠지만, 그것도 다 이유가 있어.

네 동생이 태어났을 때, 그해 아빠는 너무 바빠서 네가 태어났을 때처럼 엄마와 동생을 돌봐줄 수 없었거든. 1년 12개월 동안 12일도 못 쉴 정도였으니까. 하지만 엄마는 별로 서운하지 않았어. 네 아빠가 어떤 사람인지 잘 아니까. 지금 아빠가 동생을 많이 아끼는 건 그래서인지도 몰라.

어때? 이 정도면 아빠 진짜 딸바보라고 할 만하지? 그러니 딸, 절대 잊지 마. 아빠가 너를 얼마나 사랑하는지. 나중에 사춘기가 오더라도 방문 걸어 잠그고 안 나오기 없기다, 알았지?

딸바보 체크리스트

1 나는 우리 딸이 언제나 예쁘다고 생각한다. □

2 재롱 잔치 때 우리 딸이 제일 잘한다고 생각한다. □

3 딸이 원하는 머리 스타일을 해줄 수 있다. □

4 어린이집에 있는 딸의 남자친구에게 질투가 난다. □

5 딸 생일, 어린이날, 크리스마스에 선물을 한 번도 빠뜨린 적이 없다. □

6 딸을 낳아줘서 아내에게 고맙다는 생각이 든다. □

7 아내 없이도 아이와 2박 3일 동안 지낼 수 있다. □

8 서툰 딸의 말도 대부분 알아듣는다. □

9 아이가 원하는 만큼 책을 읽어줄 수 있다. □

10 아이와 함께 하는 게임에서 눈치껏 져준다. □
(그게 뭐라고 애들한테 꼭 이기려 드는 아빠 꼭 있다.)

11 딸이 남긴 밥도 맛있게 먹을 수 있다. □

12 딸이 좋아하는 텔레비전 프로그램을 3개 이상 안다. □

6개 이상 체크하셨으면 당신을 딸바보로 인증합니다.^^

기저귀 뗐는데,
밤마다 아빠 찾는 아이

《밤에도 혼자 쉬해요!》
카트린 메스메예르 글,
클로드 K. 뒤부아 그림

"아빠, 나 쉬했어."

다윤이가 네 살쯤 되었을 무렵. 반쯤 열린 안방 문 사이로 다다다 달려 들어와 남편을 깨운다. 굳이 시계를 보지 않아도 시간은 오전 2시 정도 되었을 것이고, 침대에서 쉬를 하고 축축한 기분을 느낀 아이가 일어나 우리에게 온 것일 터. 남편은 들릴 듯 말 듯 짧은 한숨을 뱉어내며 주섬주섬 일어나 아이를 씻기고 옷을 갈아입힌다.

이불에 오줌을 싸는 게 일상이 된 아이는 그새 잠이 들고 남편은 아이의 젖은 옷과 이불을 대강 빤 다음에야 잠자리에 든다. 이런 지가 벌써 두 달여.

남편이 매일 "잠을 자도 자는 것 같지 않다", "피곤해"를 입에 달고 사는 이유다. 기저귀를 뗀 지 6개월 만에 다시 시작된 '밤 오줌과의 전쟁', 지켜보는 나라고 편하지만은 않다. 이런 내 상황을 잠자코 듣고 있던 S가 물었다.

"막내가 처음 이불에 쉬했을 때 어떤 반응을 보였어?"

"잘 타이르다가 일주일쯤 지났을 때부터는 혼도 내고 화도 내고 다시 괜찮다고 하다가 '깔고 잘 이불 없다'고 협박도 하고……. 그래도 소용없으니 이젠 정말 에라 모르겠다는 심정이야."

"2주면 끝났을 일인데 초기 대응을 잘못해서 두 달로 만들어놨네. 가만 들으니 6개월은 더 가겠다. 일단 너부터 마음을 편히 갖고 천천히 두고 봐. 아이 마음도 편하게 해주고. 아이에게 '너 아직 준비가 안 된 것 같다고, 다시 기저귀를 하자'고 해보는 건 어때?"

"그건 아가들이 하는 거라고 싫대."

"어쩔 수 없네. 그럼 아이 마음을 일단 편히 해줘. 쉬해도 괜찮다고. 그깟 이불 빨면 된다고. 엄마가 얼마든지 빨아준다고."

"그깟 이불이라고? 매일 빨아봐. 그런 소리 안 나올걸?"

나라고 왜 "괜찮다"고 하지 않았겠는가. "괜찮다"를 열 번쯤 하고 나서는 속이 터져서 한 소리, 이러지 말자 또 "괜찮다"를 다섯 번쯤 하고 나서는 습관이 될까 봐 불안해서 또 한 소리. 이게 계속 반복되는 것일 뿐. 이러니 《밤에도 혼자 쉬해요!》 책 제목을 보는 순간, 눈이 번쩍 뜨일 수밖에. 어떻게 하

《밤에도 혼자 쉬해요!》 | 카트린 메스메예르 글 | 클로드 K. 뒤부아 그림 | 이영애 옮김 | 다림(2015)

면 '우리 아이도 혼자 쉬할 수 있을까' 싶어서.

밤이 되면 쉬가 마려워 자꾸 일어나는 카롤린. 매일 밤 엄마를 깨워 화장실을 가던 어느 날, 엄마·아빠가 말했어.

"카롤린은 다 컸으니 혼자 쉬하러 갈 수 있단다. 베개 옆에다 이 손전등을 놔두렴. 쉬하고 싶을 때 손전등을 켠 다음 조용히 일어나보는 거야."

그날 밤 카롤린은 쉬가 마려워도 엄마를 깨우지 않고 손전등을 켰어. 어둠 속 둥글고 큰 불빛을 따라 화장실을 찾아갔지.

그런데 왜 밤에는 모든 것이 뒤죽박죽이기만 한 걸까? 카롤린은 혼자서 화장실을 찾아 무사히 볼일을 마칠 수 있을까?

읽는 동안 계속 딴생각이 들었다.

'다윤이가 왜 갑자기 매일 밤 이불에 쉬를 할까? 카롤린처럼 밤마다 뒤죽박죽 사건들이 생기나? 나도 카롤린 엄마 · 아빠처럼 손전등이라도 하나 줘야 하나?'

물론 그럴 가능성은 적었다. 거의 매일 새벽이면 어두컴컴한 거실을 가로질러 언니와 함께 자는 방에서 우리 방으로 오는데, 단 한 번도 길을 헤맨 적은 없었기 때문이다(둘째 아이는 지난해 큰아이가 학교에 입학하면서 언니와 함께 잠자리 독립을 했다).

대체 이유가 뭘까? 갑작스러운 환경의 변화, 심리적인 요인, 어린이집 스트레스? 고민은 급기야 불안을 낳고 그 불안이 내 영혼을 잠식하기 직전, 내린 결론은 하나였다. 너무 이른 잠자리 독립.

생각해보면 큰아이가 8년 만에 잠자리 독립을 한 데 반해, 막내는 고작 네 살 때 잠자리 독립을 한 셈이다. 경험상 엄마의 '직감'은 신기하게 들어맞는 경우가 많다. 이게 원인이라고 생각하니 마음이 바빠졌다. 잠자리 독립 당시 "혼자서는 절대 못 잔다"던 큰아이에게 먼저 의견을 구했다.

"네 동생이 밤마다 왜 오줌을 싸는지 생각해봤는데, 아무래도 엄마·아빠랑 따로 자는 게 원인인 것 같아."

"왜? 엄마·아빠한테 관심받고 싶어서?"

"(헉! 이게 더 정확한 진단일지도) 응? 그럴 수도 있어. 생각해봐. 넌 일곱 살 때까지는 엄마·아빠랑 함께 잤잖아. 그리고 너도 아홉 살 되면 혼자 잘 수 있다고 했고. 동생 침대 다시 엄마·아빠 방으로 옮겨도 되겠어? 혼자 잘 수 있겠어?"

"응, 좋아. 대신 내 책상도 옮겨줘. 그럼 완전히 내 방이 되니까."

이렇게 해서 꽃놀이하러 가기 좋은 계절, 내겐 대청소라는 숙제가 하나 생긴 건 안 비밀! 그나저나 엄마 · 아빠 방으로 침대를 옮긴 다윤이의 야뇨증은 나아졌을까? 아빠는 편히 잠을 잘 수 있게 됐을까?

아이의 잠자리 독립

이 책의 마지막 장에는 '엄마 · 아빠와 함께 읽어요'가 있다. 이제 막 대소변을 가리기 시작하는 아이 부모가 알아두면 좋을 정보들이다. 둘째의 야뇨증 때문에 고민인 내가 시도해보지 않은 게 있었는데, '평상시에 아이와 놀아주면서 운동을 시켜주세요', '아이가 원하는 놀이를, 아이 방식대로 실컷 놀아주세요', '바깥에서도 놀 수 있도록 해주세요' 하는 것이었다.

평일엔 아이와 함께하는 시간이 절대적으로 부족한 직장맘이지만, 지푸라기라도 잡는 심정으로 '놀면서 운동하기'와 '함께 자기'를 시도해보았다. 그 실험 결과는? 성공적이었다. 엄마 · 아빠와 함께 자기 시작한 후로 둘째 다윤이의 야뇨증은 현저히 줄었다. 이 일을 계기로 깨달은 바가 크다. 잠자리 독립은 부모가 정하는 게 아니라는 것을. 아이가 원할 때가 시작이다.

아빠 껌딱지 둘째, 엄마는 때때로 속상하다

《사랑해 100번》
무라카미 시코 글,
오시마 다에코 그림

남편이 회식이 있어 늦는 날. 남편의 귀가를 기다리는 건 나도 아니요, 첫째 아이도 아니요, 바로 둘째 아이다.

"아빠는 언제 와요?"
"좀 늦으신댔는데."
"나 자면 와요?"
"아마 그럴 것 같은데……."

금세 시무룩해진 아이. 반면 나는 때는 이때다 싶어, 평소보다 과도한 관심을 아이에게 쏟는다. 아빠 껌딱지 둘째에게 잘 보여서 점수 좀 따려는 거다. 아이 곁을 맴돌며 책도 읽어주고, 장난도 걸어보지만 정작 아이는 별 반응이 없다.

어느덧 자야 할 시간. 둘째에게 이를 닦자고 칫솔을 내미니, "아빠가 해줬으면 좋겠어"라며 울먹인다. 겨우 달래서 이를 닦이고 침대에 눕히는데 아이가 하는 말. "아빠랑 이렇게 마주 보고 잤으면 좋겠어." 가만히 듣자니 짠하기도 하고 서운하기도 하다. 어쩌랴. 아직 애라 그런 걸.

"그래. 네 옆은 아빠 자리니까 엄마는 그 옆에 누워서 잘게. 그리고 아빠 오면 깨워줄게."

"응."

늘 말은 이렇게 한다. 그래야 안심을 하고 자니까. 불도 꺼선 안 된다. 아빠가 들어와서 어두우면 넘어져서 안 된다나? 눈물이 날 정도다, 부러워서. 밝은 방 안에서 잠을 청하려니 이것도 못 할 짓이다. 잠이 오지 않는다고 투정을 부리던 둘째 녀석은 어느새 꿀잠에 빠졌다. 다른 날 같으면 아빠랑 나란히 누워 마주 보면서 멜로드라마 한 편을 찍고도 남았을 텐데. 이렇게 말이다.

"아빠, 잘 자. 사랑해요."

"그래, 나도 사랑해. 잘 자~아."

"다윤아, 엄마는? 엄마도 다윤이 사랑해."

"……."

둘째 아이의 눈물겨운 아빠 사랑. 왜 늘 엄마보다 아빠일까? 물론 '엄마보다 아빠랑 보내는 시간이 많고, 워낙 아이 말을 잘 들어주니 그렇겠지' 하면서 머리로는 이해하지만, 때때로 속상한 건 어쩔 수 없다.

"지금 잠깐이지 딸은 다 나중에 엄마 편 된대."

남편 말도 그다지 위로가 되지 않는다. 그림책 《사랑해 100번》에 등장하는 하나 엄마가 갑자기 부러워지는 밤. 나도 하나 엄마처럼 "사랑해" 100번 해줄 수 있는데…….

아빠 없는 밤. 동생 두나는 이미 콜콜 잠들었는데 하나는 잠이 오지 않는가 봐. "이제 그만 자라"는 엄마 말에 하나는 "수수께끼 놀이를 하자"고 해. "하나가 자기 전에 가는 곳은 어디일까요?"라면서. 엄마는 열심히 수수께끼를 맞혀. 욕실일까? 창가일까? 문단속? 아니면 화장실? 하나는 "모두 다 틀렸다"고 말해. 엄마는 너무 어렵다며 포기를 선언하지! 엄마 말을 기다렸다는 듯 하나는 "바로 여기" 하며 엄마 품으로 뛰어들어. 수수께끼를 맞히지 못한 벌로 "사랑해 백 번"을 해달라면서. 사랑해 한 번, 사랑해 두 번……. 엄마의 사랑해 소리가 늘어갈수록 하나는 깊은 잠에 빠져들었어. 사랑해 백

번. 엄마는 말했어. "내일도 실컷 놀자"고.

《사랑해 100번》 | 무라카미 시코 글 | 오시마 다에코 그림 | 우지영 옮김 | 책읽는곰(2009)

자기 전에 내 속을 박박 긁어놓아도 그뿐이지, 아침에 깨서 아이들 자고 있는 모습을 보노라면 정말 천사가 따로 없다. "애들은 잘 때가 제일 예뻐" 소리가 절로 나온다. 너무 예쁜 걸 참지 못하고 아이 뺨에 쪽쪽쪽, 부비부비 하고 있는데, 잠에서 깬 둘째 아이가 정색하며 말한다.

"엄마, 뽀뽀하지 마!"

"왜? 좋아서 그러는데."

"뽀뽀하면 세균 많대. 뽀뽀하지 마."

"누가 그래?"

"선생님이!"

"어머. 얘, 엄마는 안 그래. 엄마 뽀뽀는 세균 없어."

"아, 싫어 하지마앙~."

엄마 뽀뽀를 거부하며 도망치는 둘째. 야, 그러면서 아빠한테는 왜 뽀뽀하자고 달려드는데? 아빠는 수염도 안 잘랐는데 말이야. 너, 정말 엄마한테 자꾸 이럴 거야?

엄마 · 아빠만 믿어

이렇게 따뜻한 가족 이야기를 지은 작가 무라카미 시코에게 반전급 개인사가 있어 놀랐다. 그가 실제로는 양부모 밑에서 힘겨운 어린 시절을 보냈다는 거다. 그림책에 등장하는 이런 엄마를 얼마나 그리워했을까. 이와 반대로 작가가 자신의 경험을 바탕으로 쓴 그림책도 있다. 《우리 가족입니다》(이혜란 지음, 보림)가 그렇다. 아버지가 정신이 온전하지 않은 할머니를 받아들이는 이야기인데, 책에서 철없는 딸이 묻는다. "할머니 다시 가라고 하면 안 돼요?" 아버지는 말한다. "안 돼. 엄마니까. 할머니는 아빠 엄마거든"이라고. 아이들에게 읽어주다가 울컥했다. 실패하고 좌절해도 가족이 있어 괜찮다는 믿음을 줄 수 있는, 그런 부모이고 싶다.

엄마는 없는 일기장, 왜일까

《고릴라》
앤서니 브라운 글·그림

다은이는 일주일에 두 번 일기를 쓴다. 선생님이 시켜서. 하루는 아이가 쓴 일기를 보다 이상한 점을 발견했다. 아이의 일기장 속에 가끔씩 등장하곤 했던 내가 최근에는 아예 사라진 것이다.

당황스러웠다. 일기장 속에서 아이는 대부분 아빠와 함께 게임을 하고, 그림을 그리고, 요리를 하고, 만들기를 했다. 놀이터에도 가고. 일기 내용을 보면 딱히 내가 외출을 했던 날도 아닌데 '엄마'는 없었다. 왜지? 그즈음이었던 듯하다. 남편이 이런 말을 꺼낸 건.

"텔레비전 보기 싫어도 혼자 방에 들어가지는 마."

"왜?"

"애들과 그냥 같이 있어. 아무것도 하지 않아도 좋으니."

텔레비전을 사랑하는 남자와 그러지 않는 여자가 있었으니, 바로 남편과 나다. 주말이면 아이들과 거실에 앉아 텔레비전만 뚫어져라 보고 있는 게 싫었다. 그 핑계로 나는 방에서 내 할 일을 하기 시작했다. 아이들이 조금 신경 쓰이긴 했지만 나 혼자만의 시간이 있어 좋은 날이 더 많았다. 서로 각자 좋아하는 일을 하는 거니까, 괜찮다고도 생각했다.

그런데 아무것도 하지 않아도 좋으니 거실에 나와 있으라니. "시간이 아깝잖아"라고 말을 하려다 말았다. 가족과 함께 있는 시간이 아깝다니, 어쩐지 해서는 안 될 말 같아서. 그 후로는 의도적으로 거실에 나와 있으려 했다.

안 하던 걸 하려니 불편했다. 방으로 들어가고 싶어 엉덩이가 들썩거렸다. 그래 봐야 내가 방에서 하는 일이라곤 휴대전화를 만지작거리거나 인터넷을 들여다보는 게 대부분이긴 하지만. 그래도 어쨌든, 뭘 하든 나 혼자만의 시간 아닌가.

남편 말대로 나 혼자만의 시간, 그걸 포기하길 몇 번. 그동안 내 눈에 보이지 않던 것들이 하나둘 보이기 시작했다. 아이들과 남편이 텔레비전만 본다고 생각했는데 아니었다. 아이들은 함께 할 수 있는 놀이를 끊임없이 찾고 있었다. 아빠에게 장난을 걸기도 하고, 만들기도 하면서 함께 웃었다. 모르는 말이 나오면 그게 무슨 말이냐고도 물었다.

"아이가 뭘 좋아하는지, 어떤 성향인지 잘 모르겠어"라는 그동안의 내 하소연은 당연했다. '자세히 보아야 예쁘고, 오래 보아야 사랑스럽다'는데, 평일엔 '직장에 가고 늦게 오니까', 주말에는 '평일에 못한 각종 집안일 등등을 해야 하니까' 바빴으므로. 게다가 온 가족이 함께 모일 수 있는 그 시간마저 내 취향이 아니라는 이유로 방으로 들어가 버렸으니 그럴 수밖에. 일기장에 나보다 아빠가 자주 등장하는 게 당연했다. 앤서니 브라운이 쓰고 그린《고릴라》 속 아빠가 꼭 나 같았다.

한나는 고릴라를 무척 좋아하지만, 고릴라를 직접 본 적은 없었어. 한나 아빠는 무척 바쁘셨거든. 아빠는 한나가 학교에 가기 전에 출근하고, 퇴근해서도 일만 했어.

한나가 말을 걸려고 하면 아빠는 "나중에, 지금 아빠는 바빠, 내일 얘기하자"고 말했어. 일만 하는 아빠는 주말에도 너무 지쳐서 아무것도 할 수 없었지.

그런데 말이야, 신기한 일이 벌어졌지 뭐야. 글쎄 꿈에 그리던 고릴라가 한나에게 온 거야. 동물원에 가자면서. 고릴라와 동물원에 간 한나는 영화도 보고, 밥도 먹고 행복했어. 이게 다 꿈이라고 해도. 근데 말이야. 잠에서 깨어보니 더 굉장한 일이 일어났어. 그게 뭐냐면…….

《고릴라》 | 앤서니 브라운 글·그림 | 장은수 옮김 | ㈜비룡소(1998)

그림책을 여러 번 읽어도 잘 이해가 되지 않을 때가 있다. 《고릴라》가 그랬다. 아빠와 동물원에 가게 되어 행복한 한나, 그 급격한 해피엔딩에 공감이 가지 않았다. 그럴 땐 다은이에게 물어보는 게 최선.

"그러니까 《고릴라》 이게 뭔 내용인 거야? 엄마는 잘 모르겠네."

"한나가 고릴라를 좋아하긴 하지만, 그만큼 아빠도 좋아한다는 거 같은데?"

"!!!(진정한 깨침의 느낌표)"

그래, 그런 거구나. 이제 이해가 가네. '고릴라'는 그저 핑계였을 뿐. 한나의 진심은 아빠랑 함께 있고 싶은 거였구나. 아빠랑 동물원에 가서 고릴라도 보고 싶고, 영화도 보고 싶고, 맛있는 것도 먹고 싶은 거였구나. 얼마나 간절했으면 이런 꿈까지 꾸었을까? 바라던 일이 이뤄져서 얼마나 행복했을까?

어른 눈높이로는 쉽게 이해할 수 없었던 그림책 《고릴라》. 최근 들어 부쩍 "놀이동산에 가고 싶어", "불꽃축제가 보고 싶어" 하는 아이도 혹시 그런 마음이었을까? 그런데 어쩌지? 엄마도 가끔은 혼자만의 시간이 필요한데…….

엄마도 통역이 필요해

앤서니 브라운이 누군가. 애를 낳기 전에는 전혀 몰랐던 그림책계의 레전드다. 존 버닝햄 작가도 그렇다. 그런데 참 이상하지? 저 완전 유명한 작가들의 책들 중에는 참 이해가 안 되는 부분이 있다. '이게 뭐야?', '대체 그래서 뭐라는 거야?' 하는, 작가의 의도가 궁금한 게 많았다.

반면 아이는 재미있게 읽는다. "이유가 뭐니?" 물을 때마다 다은이는 명쾌하게, 때론 재치 있게 설명해줬다. 아이 눈높이에서 가능한 대답이다. 그림책은 숨바꼭질이다. 나는 모르고 아이는 아는 걸 찾아내는 숨바꼭질. 그런 책이 있다면 꼭 아이와 재미있는 놀이를 함께 하시길. 엄마가 배우는 게 많다. 아이도 엄마가 모르는 걸 알려주니 어깨가 으쓱거리며 자신감이 생긴다. 우리가 함께 자란다.

공대 나온 아빠도 못 푼 초등 수학 문제

《울타리를 넘는 방법이 하나일까요?》
야엘 비란 글·그림

"자기야, 이거 한번 풀어봐."
"뭔데?"
"큰애 책에 있는 문제인데 어렵다."

공대 나와 대학원까지 마친 아빠가 못 푼 초등학교 2학년 수학 문제라니. 그걸 또 나한테 한번 풀어보라니, 이 사람이 장난하나 싶었다. "자기가 모르는 걸 내가 알까?" 그래도 일단 궁금하니까 문제부터 읽었다.

문제: 다음은 심통이가 나무 막대를 이용하여 디지털 숫자로 만든 식이에

요. 그런데 계산이 맞지 않네요. 나무 막대를 딱 1개만 옮겨서 식이 올바르게 만들어 보세요.

16+1=22

'뭐냐. 단순한 풀이가 아니구나. 이러니 '수포자(수학 포기자)'가 나오는 거야' 싶은 충격적인 지문. 아이도 아빠도 나도 한동안 말이 없길 10여 분. 시간이 지날수록 애 앞에서 슬슬 눈치도 보이고.

'어떻게 성냥개비 한 개만 움직여서 이 숫자를 만들지? 안 되겠다. 답안을 보자.'

결과적으로 "우리가 못 푸는 게 아니었어"라고 자신 있게 말하련다. 문제 풀이의 전제가 된 디지털 숫자 표기를 잘못 생각하고 있었기 때문이다.

16에서 나무 막대기 하나를 빼서 1 위에 얹으면 간단한 것을, 왜 우린 7을 7이라고 확신했을까? 그러니 나무 막대 하나 옮겨서는 절대 풀 수 없는 문제가 될 수밖에.

입이 쭉 나와서 "수학은 너무 어려워, 어려워"를 연발하는 큰아이에게 우리가 디지털 숫자 7을 잘못 알고 있어 그랬다며 풀이 과정을 다시 설명해줬다. 아이 머릿속에 '수학은 어려운 과목'이란 생각이 자랄까 봐 전전긍긍하는 내 모습이라니.

사실 수학은 나도 어려웠다. "답을 찾아가는 과정이 재미있어", "답을 풀

었을 때의 그 짜릿함이 좋던데" 이런 이유로 수학이 재미있다고 하는 친구들을 좀처럼 이해하기 힘들었다.

그림책《울타리를 넘는 방법이 하나일까요?》는 '어떤 질문'에 대한 답을 찾아가는 과정을 단순한 그림으로 표현한 책이다. 정식으로 수학을 다룬 그림책은 아니지만, 전혀 상관없다고 하기도 어려운 이유는 보면 안다.

호기심 많은 궁금이에게 궁금한 게 생겼어. 궁금이는 그 문제를 생각하고 또 생각하느라 좀처럼 잠이 오지 않았지. 그러다 또 다른 고민이 생겼어.

'어떻게 해야 잠을 잘 수 있을까?'

《울타리를 넘는 방법이 하나일까요?》 | 야엘 비란 글·그림 | 유지훈 옮김 | 책속물고기(2015)

궁금이는 양을 세기로 했는데 이게 더 문제였어. 머릿속 양들이 제멋대로 돌아다니는 통에 제대로 셀 수가 없었거든.

결국 궁금이는 울타리를 치기로 했어. 울타리를 넘는 양들을 하나씩 세면 되니까. 양들은 고민하기 시작했어. 어떻게 넘을까? 그러다 양 한 마리가 울타리 앞으로 나왔어. 그 후 계속 양들은 모두 저마다의 방법을 찾아 울타리를 넘었지. 뛰어넘고, 부서뜨려 넘고, 기어서 넘고……. 이 중 가장 머리가 좋은 양은 누구였을까? 가장 쉽게 울타리를 넘은 양은 누구지? 울타리를 넘는 가장 쉬운 방법은 무엇이었을까?

이 책을 읽은 큰아이는 독서록에 '양들은 다 생각이 달라서 울타리를 건 널 때 다 다르게 건너갔다. 그중에서 울타리를 부수고 가는 양과 울타리를 밀고 가는 양이 제일 재미있었다. 또 울타리를 넘을 때 여러 가지 방법이 있다는 걸 알게 됐다'고 썼다.

기회를 놓칠세라 "수학도 그래, 문제를 푸는 방법에는 여러 가지가 있어. 꼭 어렵다고 생각할 것 없어. 다양한 방법으로 생각하는 게 참 흥미롭지 않니?"라는 내 말에 아이는 알 듯 말 듯한 표정이다. 그래도 만족하련다. "그래도 수학은 어려워"라고 대꾸하지 않은 게 어디냔 말이다.

숫자를 재미있게 풀어낸 그림책

조금 웃긴 이야기 하나. 다은이와 다윤이가 아주아주 어렸을 적, 돌도 안 됐을 무렵에 자장가로 구구단을 외었더랬다. "이일은 이, 이이는 사, 이삼은 육……." 자장가답게 리듬감도 적당하고 수학적 재능을 키우는 데 0.00000001퍼센트의 도움은 줄 수 있지 않을까 하는 마음에서였다. 지금 생각하면 왜 그랬는지 웃음만 난다.

그래도 이런 내 모습에 공감하는 엄마들이라면 '숫자를 재미있게 풀어낸 그림책'으로 《꼬리 하나 생쥐 열 마리》(첸무청 글, 차오쥔옌 그림, 유엔제이 옮김, 거북이북스)와 《박수 준비!》(마달레나 마토소 지음, 민찬기 옮김, 그림책공작소)를 추천한다. 특히 오감을 동원해 읽어야 할 《박수 준비!》는 읽다 보면 몸이 들썩들썩할 수도.

아빠의 진짜 속마음

《우리 아빠가 최고야》
앤서니 브라운 글·그림

두 딸을 키우는 동안 그림책《우리 아빠가 최고야》를 수없이 읽었다. 이 책을 읽는 동안 아빠 마음은 점점 어떻게 변했을까? 이번 글은 '육아에 지친 아빠'의 시선으로 쓰면서 남편의 속마음도 들어봤다.

"자긴 왜 요리는 안 해? 하면 잘할 것 같은데……."
"그것까지 하면 안 될 것 같아서."
"뭐? 하하하…… 영리하네."

떡만둣국을 맛있게 먹던 아내가 웃는다. 가끔 해주는 별식을 아내는 정말 맛있게 먹는다. 그 미소에 넘어가면 안 된다. 진짜 여기서 '요리까지' 하면 안 될 것 같다. 지금도 하는 일이 너무 많으니까.

평일 아침, 두 딸을 학교와 어린이집에 보낸다. 큰아이가 20개월 때부터 했으니, 이미 오래된 일이다. 아내 직장이 집과 너무 먼 탓이다. 그런 아내가 요즘은 오전 6시 30분에 집을 나선다. 그 말인즉슨, 내가 아침에 아이들을 깨우고 씻기고 입히고 아침 식사를 먹인 후, 출근해야 한다는 것이다(아내가 일찍 출근하니 일찍 퇴근하는 건 당연한데, 왜 내 일상은 크게 달라진 게 없을까).

아내 없이 그게 어떻게 가능하냐고 묻는 사람들이 있다. 우리에겐 뽀로로가 있지 않나. 덕분에 애들이 눈만 뜨면 텔레비전 앞으로 간다고 아내에게 잔소리도 많이 들었다. 아내가 두 아이와 출근전쟁을 한번 치러보면 생각이 달라질 텐데 말이다. 그런데 요즘은 그것마저도 시큰둥하다. 이제는 뽀로로에 열광하지 않을 만큼 커버린 아이들. 아침 출근길 준비가 몇 배 더 힘들어졌다.

어린이집에 다니는 둘째는 장모님이 데려오고, 큰애는 내가 퇴근하면서 학교 근처에 있는 본가에 들러 집으로 데려온다. 집에 오면 잘 때까지 제2의 근무가 시작된다. 퇴근 후 "엄마는 오늘 좀 피곤해" 하며 침대에 드러눕는 아내의 단호함이 나에겐 없다. 그러니 아이들은 보통 내게 엉긴다. 내가 거절할 리 없다는 걸 잘 안다는 듯. 하지만 이런 몸놀이가 버겁긴 나도 마찬가지다. 나도 나이가 드는지 허리도 자꾸 아프고, 운동을 해도 몸이 예전 같지 않다.

이대로는 안 되겠다. 급기야 아내에게 퇴근 후 운동 시간을 요구했다! 그래 봐야 집 근처 공원 한 바퀴 도는 게 전부지만, 그게 어딘가. "책 읽어달라", "숨바꼭질하자", "비행기 태워달라", "이거 좀 고쳐봐라" 등등 어떤 요구도 받지 않는 나 혼자만의 시간인데. 아 참, 운동 나갈 때 음식물 쓰레기는 버려야지.

주말이어도 쉬지 못하는 건 아내나 나나 마찬가지다. 주말인데 왜 아이들은 늦잠도 안 자고, 낮잠도 안 자고, 심지어 늦게 자는 걸까. 아내가 한 달에 한두 번씩 당직 근무로 회사에 갈 때면 솔직히 좀 부럽다(우리 회사는 비용 감축을 이유로 주말 근무를 없앴다). 나도 좀 쉬고 싶다고! 그래서다. 내가 아내의 잔소리에도 아랑곳하지 않고 아이들과 함께 텔레비전과 한 몸이 되는 건. 일요일의 마무리는 분리수거. 일주일 동안 아내가 정신없이 버린 쓰레기를 주말마다 구분해 버리는 것도 내 일이다. 이렇게 일주일이 간다.

아이들에게, 아내에게 "우리 아빠가 최고야", "우리 남편이 최고야"라는 소리를 들으면 가슴이 뛰었던 적도 있었는데……. 첫 아이가 태어났을 때부터 그림책《우리 아빠가 최고야》를 마르고 닳도록 읽으면서 아이들에게 '이런 아빠가 되어야겠다'고 다짐한 적도 있었는데……. 지금 솔직한 내 속마음은 이렇다.

《우리 아빠가 최고야》 | 앤서니 브라운 글·그림 | 최윤정 옮김 | 킨더랜드(2007)

우리 아빠는 최고야.

무서워하는 게 하나도 없지.

늑대도 돌아설 만큼.

아빠 속마음 '둘째가 무서워. 아빠는 무서워하는 게 하나도 없다고 믿는 둘째가 무서워.'

거인과 레슬링도 할 수 있고

운동회 날 다른 아빠들이랑 달리기 시합을 할 때도

문제없이 이기는 우리 아빠는 최고야.

아빠 속마음 '사실 체력의 한계를 많이 느껴. 나 자신을 위한 운동이 필요해.'

나는 우리 아빠가 정말 좋다.

왜 그런지 알아?

아빠가 나를 사랑하니까, 지금도 그리고 앞으로도…….

아빠 속마음 이렇게 이야기할 줄 알았는데 "너 자꾸 이러면 혼낼 거야" 하는 내 말에 둘째 왈, 혼내는 사람은 싫다고 하더라고. 언제나 '아빠바라기'일 줄 알았던 아이가 이제는 상황에 따라 아빠를 들었다 놨다 하네.

그림책 덕분에 오랜만에 남편과 마음속 이야기를 나눈 것 같다. 이런 생각을 하고 있는 줄 미처 몰랐다. 못하는 게 없는 아빠도 힘은 들었지. 다 그렇게 아빠가 되는 거겠지. 아빠가 처음이라 힘든 아빠들, 힘내시라!

아빠랑 아이가 함께 보면 참 좋을 그림책

《아빠는 어디쯤 왔을까?》 고우리 글·그림, 문학동네어린이

《아빠가 우주를 보여준 날》 울프 스타르크 글, 에바 에릭손 그림, 크레용하우스

하루 11분 그림책

짬짬이 육아

발행 초판 1쇄 2017년 5월 1일

지은이 최은경

발행인 박기출
편집인 박운미
편집장 류현아
편집 김진희
디자인 정보라
교열 김화선
마케팅 김찬완
홍보 이선유

펴낸 곳 ㈜알피스페이스
출판등록 제2012-000067호(2012년 2월 22일)
주소 서울 강남구 영동대로 315, B1
문의 02-2002-9880
블로그 the_denstory.blog.me

ISBN 979-11-85716-52-7 03810
값 14,000원

Denstory는 ㈜알피스페이스의 출판 브랜드입니다. 파본이나 잘못된 책은 구입하신 곳에서 바꿔드립니다.

이 도서의 국립중앙도서관 출판예정도서목록(CIP)은 서지정보유통지원시스템 홈페이지(seoji.nl.go.kr)와 국가자료공동목록시스템(www.nl.go.kr/kolisnet)에서 이용하실 수 있습니다. (CIP제어번호: CIP2017009407)